黑駿馬

巴·哈斯巴根/著　海 风/译

内蒙古出版集团
远 方 出 版 社

图书在版编目(CIP)数据

黑骏马 / 巴•哈斯巴根著. -- 呼和浩特:远方出版社,2013.1
ISBN 978-7-80723-882-9

Ⅰ.①黑… Ⅱ.①巴… Ⅲ.①诗集－中国－当代 Ⅳ.①I227

中国版本图书馆 CIP 数据核字(2013)第 020638 号

黑 骏 马

作　　者 巴•哈斯巴根
译　　者 海　风
责任编辑 云高娃
装帧设计 策力格尔
出版发行 内蒙古出版集团　远方出版社
社　　址 呼和浩特市乌兰察布东街 666 号
（电话:0471—2236466　邮编:010010）
经　　销 新华书店
印　　刷 内蒙古爱信达教育印务有限责任公司
开　　本 720×980mm　1/16
字　　数 180 千
印　　张 12.75
版　　次 2013 年 1 月 第 1 版
印　　次 2013 年 1 月 第 1 次印刷
印　　数 1—2000 册
标准书号 ISBN 978-7-80723-882-9
定　　价 68.00 元

当思绪的黑骏马驰骋在诗歌的碧野

——评价巴·哈斯巴根的诗

朔漠居士

巴·哈斯巴根先生是一位具有纤细的感情、敏锐的洞察力、独立与自律的个性的科尔沁蒙古族诗人。我从他的诗歌中发现了一种极具个人风格的另类诗意，爱情、乡恋以及对科尔沁历史文化的苦旅揉合出一种伤感、颓废的诗歌情调与为爱怅惘的青春绝响，而这恰恰是科尔沁这一日益荒漠贫瘠化的热土在文化融合时代里的某种特殊诗意。巴·哈斯巴根先生宛如从黑暗中狂驰而来的一匹黑骏马，用飞扬的鬃毛点燃了自己，点燃了诗意，驰骋在诗歌的碧野，他的嘶鸣声颇不同凡响，格调也与众殊异。他的诗以悲怆见称，以单纯、脱俗恼人，总爱抒写山峦敖包、童年和尘世风物，乃至圣祖哈布图·哈萨尔、家乡和祖先及缠绵悱恻的科尔沁民歌。如此，诗人巴·哈斯巴根写出了独特的体察和暗自的神伤。尤其对蒙古族历史的怀念，科尔沁碧野的悠远，总投以惆怅的目光，报以深情的共鸣。

经海风先生翻译的这部诗集选自诗人上世纪九十年代以来奋笔创作的几部诗集，各篇的旨趣、形象、语言、节奏，若加细读，不难觉出诗人的要求："以其理解的语言，透过什么失去的东西，狂放耿直地诉说那深远惆怅的伤情。"正如当代诗人，与普通的当今人一样，每每感觉到自己在死亡之处焦虑之外，又受到另一双重的烦扰：地球生态的毁灭，记忆与时间彼岸之不存在。然而人得活下去，诗人也吟唱不休。巴·哈斯巴根在用诗歌写下了话语，用以传达他的思想情感，付之于交流或留传。他说："追逐着/圣祖成吉思汗的马群/我要写诗/点缀起/蒙古诸部的智慧/我要写诗/拉起那/哈萨尔的神弓/我要写诗/跨过那/荆棘的羁绊/我要写诗/用空气般的母语/我要写诗/用其柔韧而/举世无双的/初乳般的语言/我要写诗"。这是一首诗《我要写诗》中的节选。我看，它是打开巴·哈斯巴根全部作品的一把钥匙，就是说，读下它，要懂其他的诗也大致不会离谱。

今年秋天，我在天高云淡的呼和浩特西郊不时读他的诗，也由他的诗引领，寻觅过诗人的足迹，也仿佛听到那匹黑骏马铁蹄铮铮的响彻声。那响彻声引领我探索巴·哈斯巴根的记忆之由，一部科尔沁百年的历史之路。不由得让我趟过他家乡——科尔沁腹地沃德淖尔湖水，登上传奇的双合尔山，拜过一代神弓哈布图·哈萨尔，探求科尔沁稚嫩的童年、盛气凌人的壮年和他苍老衰落的暮年。执教多年，后又转入人事工作的巴·哈斯巴根吟来唱去，曲调却未曾离得那历史的迷惘和乡恋的伤怀，那悲戚的曲调孑然穿透人心。

所以，我觉得巴·哈斯巴根多半吟唱他的焦虑和烦扰。当读者面对这些译诗，兴许也能唤醒自己的记忆而浮想联翩，从而也可能感到淡淡的迷惘。事实上，巴·哈斯巴根的诗情画意不脱蒙古族诗歌传统，情调既新鲜又古老。但是，即便乍读也会一眼发觉他不受传统诗律的约束，诗人始终着眼于变，变中的人类命运，变中的时空及其未来，无论他描写的细小题材，似乎都是环绕双层意思的童年这个主题而引发抒情释怀，或是他吟唱的自然和尘世，草原和大海，湖泊和孑遗也都往往托出光明的美，吐出对往昔的一丝眷恋。而且这类诗都融入散文似的诗章。然而诗的节奏自如，情从字顺，轻描漫点，喜尚空白和星散的语缀。

我还发现，进入新千年以来，诗人似乎再度踏上另一条老路，这可称之为“新现实主义”。就巴·哈斯巴根七律诗及其题材而论，吟诵蒙古历史人物和革命老区风景的诗歌在新著中占了上风。当然形式虽已回归，写法仍属情景的捕捉，可以说，篇篇都不失为借景抒情的代表作。况且令人觉出这些诗的本源可上追到元代蒙古族诗人的遗风。读巴·哈斯巴根的新作，如身临其境，读来更觉无隔。例如诗人写的江西革命老区、匡庐、三清山、敦煌鸣沙山月牙泉等等。

真正的诗人具有热爱人类自由的天性，因此，对于人类的一切，便不能不有萦怀。“人间要好诗。”希望巴·哈斯巴根精神如故，继续砥砺诗意，在今后诗歌创作的道路上驰骋得更远！

壬辰年秋，写于呼和浩特西郊

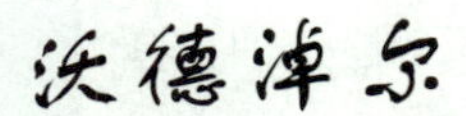
沃德淖尔

沃德淖尔
渴望着天鹅
期盼着雨露
盼望着远近的讯息

你的粼粼波光
哺乳着微笑的太阳
让岸边枝叶露华如水
你用黎明的笑靥
倍加呵护着一切

你让欢腾的水鸟
与天光云影酬唱
在你的宅心仁厚里
不曾落下孤影

月亮隐藏在
你的深水中
当鸳鸯歌颂爱情时
金鱼跃出水面

远远闻到
你鹅鸭的欢叫
无论在漆黑的夜晚
我不会迷失方向

环绕水库的沙丘与

游荡的洁白云朵
驻留在你的深渊中

小公马的欢跃下
你的蓝水缄默着
恰似慈母的眼睛
在野外满盈

我曾与圆脸蛋的菊丽玛一起
撵雀摘花，返回时
使你没过脚踝的水岸
泛起赤裸的浪花
将那边戈壁上的云彩
猜为小马驹
又喊着那是骆驼
沃德淖尔啊
缱绻的季节往返变迁
让我不尽思念心爱的菊丽玛
和与她采摘的花朵
为归去的天鹅
为我这一游子
苍老的母亲沃德淖尔
憔悴得热泪盈眶
热泪盈眶啊

2000.9.21

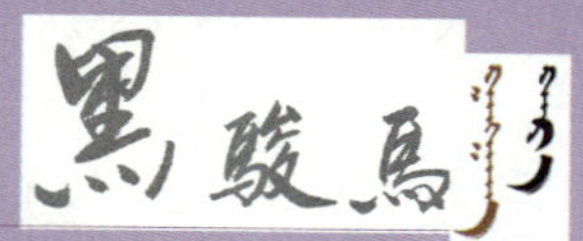

双合尔山

您是我
上膛在心窍里的子弹
在岁月的空间里呼啸而过的
飞离硬弦之箭
自额尔古纳混闪落的
一簇铁石之火星
在命运的黄昏闪烁的
生命最清新的一息
您是我
跳动在血管里的
康健聪慧的宣言
最懵懂的细胞
缺乏数目的题目
斡难河的碧波是你

心神荡漾的爱之向往
璀璨的朝霞是你
熟透发红的情理
您是我
奏响悲与欢的
马头琴的化身
我永远在此
从月亮般圆圆的梦里
抱着太阳醒来
叼着地球
搏击长空的雄鹰是你
永远感动的翅膀
抑或是你另一个骄傲
您是我
壮美的骏马图案
在马镫上哼唱的
不曾哭泣的传说
自传说中隆隆滚落的化石
指引我砥砺智慧的宝鉴
似火一般熊熊燃烧的
舒展理想的信念
我能够吟诵的唯一命运

以盛名屹立于世
以光为翼的——孤单的蓝岩
双合尔山啊

1993.6.23

黑骏马

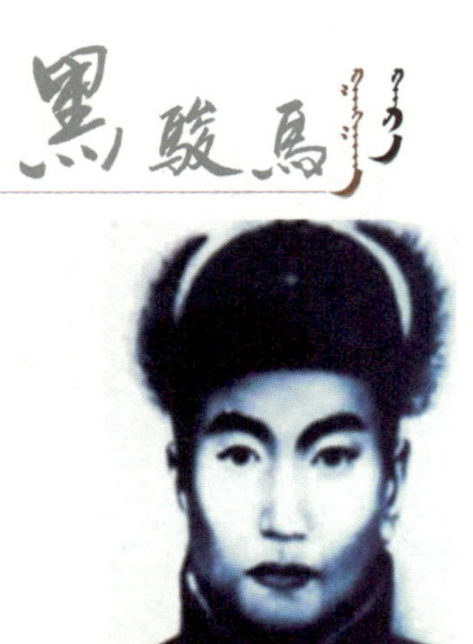

科尔沁

科尔沁博物馆大厅铜浮雕

皇天后土之玉石的
一半边是科尔沁
灭亡的朝代之
被遗弃的石印是科尔沁
骏马蓝色的风儿之
锐利钢锋是科尔沁
洋溢花朵笑靥的
芳菲梦幻是科尔沁
守护着欢愉火撑子
升腾起圣洁火焰的是科尔沁
奏响起四胡和潮儿
传承乌力格尔的是科尔沁
吟诵好来宝和诗歌
传扬叙事民歌的是科尔沁
赶着牛车的是科尔沁
养着神骏的是科尔沁
哈布图·哈萨尔的领地是科尔沁
为满清皇帝喂奶的是科尔沁
展现蒙古姑娘风姿的是科尔沁
被顶戴花翎所安抚
膝下无黄金的是科尔沁
为风雨飘摇的清朝
神勇抗英的僧格林沁故里是科尔沁
沉迷于财色的
达尔罕王的牧场是科尔沁
为保护一方水土
嘎达梅林起义之地是科尔沁

生长着金色苞米
种稀疏沙地的是科尔沁
向故乡驰骋的骏马之
渗汗水的蹄子是科尔沁
向湖泊飞行的一行候鸟之
沾泪的羽翼是科尔沁
诺恩吉雅的故土是科尔沁
赤子旭日干的户籍是科尔沁
依靠立体蒙古文字而伫立的
铮铮硬汉是科尔沁
自灰色岩中飞起，搏击长空的
雄鹰之眼是科尔沁
用永恒之火煮沸的
盛在木碗中的热奶是科尔沁
金谷滚浪的粮仓是科尔沁
被迷惘的缰绳牵走的
操一口杂语的是科尔沁
被历史的长绳拽着的
不在酒后吹嘘的是科尔沁
为希翼和仇恨而呼啸的
佩带弓箭的是科尔沁
踏过浮躁岁月的
诸多人子的热土是科尔沁
科尔沁，科尔沁，科尔沁
世上独有的科尔沁

2011.5.5

蒙古文字

蒙古文字乃
原野的永恒甘露
流淌在苍天上的水
火撑子的平稳基石
陶瑙上发出的神光
渗透到磐石的力量
自岩石溢出的乳汁
蒙古文字为
圣祖成吉思汗的圣裁
整个蒙古智慧的结晶

天之部众的永恒心灵
顶天立地的蒙古思想
幸运和精气神的呼唤
蒙古文字系
生命与爱相结合的卦象
高原的蔚蓝顶端
寰宇直挺的柱子
响彻世界的海洋之古老回音
大地的蓝色血管
远古世纪的悠扬音谱
动听旋律的全集
智慧之金色神鞭
阿尔泰语系的富美音律
黄金后裔的圣洁文化
蒙古文字既
镶嵌着钻石的钥匙
通向遥远星球的梯子
光茫之神骏
感官的坐骑
延长福祉的太阳
孛儿帖的皓月
清香的蒙古语
乳香四溢的诗歌
潜藏血液里的爱
乞颜之火的温暖

2004.7.6

写于蓝楼居《成吉思汗的骏马》书斋

祭祀长生天

《吉祥如意》　田宏图

火撑子内的蓝火之
烈焰在天空上蔓燃
毡包蒙古人家之
骏马在天空上欢腾

成吉思汗铁血之
光芒在天空上绚烂
珍贵的如意蓝印之
色彩在天空上炫舞

我们以蒙古礼仪来祭祀
蔚蓝的长生天
我们以圣洁的祝福来迎接
安祥降临的新年

我们以成吉思汗的礼节来祭祀
雄浑有力的长生天
我们梳理年轮的鬃毛
跨上其背

2012.1.18

写于蓝楼居《成吉思汗的骏马》书斋

岱勒包格达——哈布图·哈萨尔

科尔沁博物馆内成吉思汗与哈布图·哈萨尔的雕像

哈布图·哈萨尔自诃额仑的金腹降生
哈布图·哈萨尔自寰宇星辰而至
哈布图·哈萨尔自黄金家族的铁血冉腾
哈布图·哈萨尔属伟大的成吉思汗英雄事业的支柱

刚烈的骏马在朔方
挑马驯骏的老练牧马人诞生在朔漠
厮杀相拼的烈性人属蒙古人
大力士和智者均出自漠北

让诃额仑舒坦胸脯的天之神驹属哈布图·哈萨尔

郭尔罗斯博物馆内成吉思汗与哈布图·哈萨尔的雕像

他迎难而上，度过孤苦落寞惨烈的煎熬
他用羽箭穿过恶劣的殊死战斗
旷世英雄的盛名从那时响彻开来

开解残酷大战的钥匙属哈布图·哈萨尔
铁木真时代另一只巨手属哈布图·哈萨尔
正宗蒙古人的凝聚之声属哈布图·哈萨尔
完美力量的凶猛化身属哈布图·哈萨尔

哈布图·哈萨尔佩戴的箭囊装有天之箭
呼啸而穿过的利箭射中了上天的圣旨
哈布图·哈萨尔的双肩挑起了朝纲的方桌
成吉思汗的智慧在桌子上闪闪放光

施展力量镇抚野蛮时代的大力士属哈布图·哈萨尔
展露智慧袭击奸诈之徒的睿智者属哈布图·哈萨尔
征战队伍中骁勇善战的先锋属哈布图·哈萨尔
令顽固懒散之辈心惊胆战的英雄属哈布图·哈萨尔

降服恶魔的传说英雄属哈布图·哈萨尔
振奋蒙古人的成吉思汗苏勒定属哈布图·哈萨尔
弯刀锋利的刀刃属哈布图·哈萨尔
乘蓝色骏马风的钢铁先锋属哈布图·哈萨尔

拉弓射向五百里地的佳话属哈布图·哈萨尔
与兄长铁木真一并收服零散部落的功勋属哈布图·哈萨尔
用响箭射过九百里地的英明属哈布图·哈萨尔

用信念的神力收服诸多部落的勇者属哈布图·哈萨尔

哈布图·哈萨尔施展神勇震慑远方之敌
他一箭射穿狡猾敌人的阴谋
他是奸诈之风难以透过的坚固墙壁
仁义的山岩上闪烁着他的名号

召唤兴旺的立体蒙古文留在了科尔沁
使哈布图·哈萨尔上马起程的神鞭在此
祥和的火撑子被架在哈布图·哈萨尔的故乡
让四季呈现吉祥的印玺亦在此

苍天神力的佑护之下成吉思汗的旗帜在飘荡
蒙古高原的江河在豪迈地奔流
忠诚的神祇岱勒包格达被盛赞
圣祖成吉思汗乃金灿灿的太阳
哈布图·哈萨尔便是其安康温和的光芒

2012.8.19

写于蓝楼居《成吉思汗的骏马》书斋

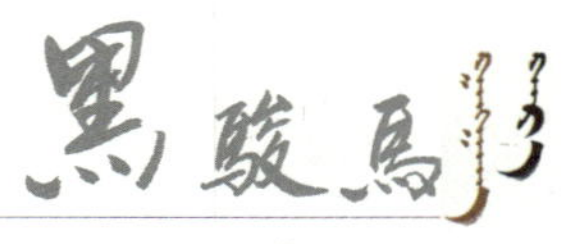

守护领地的拴马桩

与汗水一并迎驾
孛儿帖赤那匹骏马的拴马桩
热腾腾酣饮
豁埃马阑勒之奶茶的领地

飘过的蓝风
休憩的桩子
为系有金系绳的毡房
守夜的木桩

拴马桩便是
原野的皓月
围着旋转的轴子
娇俏的蒙古姑娘
留恋向往的柱子

守护领地的拴马桩
拥有圣火的温暖
如振奋人心的缰绳
灌输着无穷的力量

苍天伟岸的思想
在此驻足歇脚
成吉思汗的拴马桩
是蓝色星球的奥秘所在

2012.2.10

写于蓝楼居《成吉思汗的骏马》书斋

安广有

饮马井

你是我祖母的眼睛
是让我柔肠寸断的感动
是为那些烈马
而感伤的
滴落胸襟上的泪水
我的那一眼饮马井
飞扬着鬃毛
自远方隆隆奔腾而至

无论是无月夜
我亦领会其意愿
便舀起
那清冽的井水

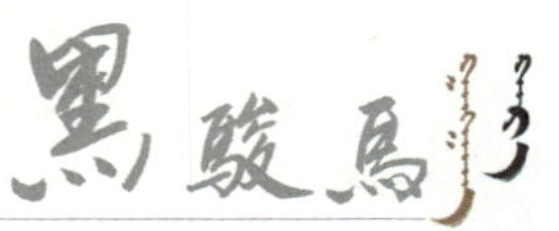

让矫健的公马
和美丽多情的母马们
为触吻木桶，如约而至
摩挲着鼻子含羞奔来

用故事的颜色
拄起套马杆时
晨风的如意结
套绳上被解开
吹到井沿男人伫立的光滑沙石
让骏马的毛色熠熠生辉
使骏马的奔腾火星闪闪

我的那一眼饮马井
宛若我祖母慈祥的眼睛
在寻觅中永远荡漾
她不因骏马而孤单
其丰泽的圣水飘香时
飞向远方的人子
会带马笼头而来

1995.6.22

蒙古马

——你是地上的天书，是
让我倍感惊奇的秘史

奔腾嬉戏而来
奔腾嬉戏而去
挥洒着纯朴智慧
安然齐聚
留下至多的谜语
奔向远方
天之神骏阐述着
略显模糊的概念
毛色亮丽的骏马

有超凡的智慧
有炯炯有神的眼睛
有一对敏锐的剑耳
马背上套着金鞍
辅佐成吉思汗
载着其皇妃
振兴整个蒙古部落
我们乘那些
爱之摇篮似的骏马
踏过四方
驰骋穿越迷茫荒漠
我们自马蹄
闻到太阳的芬芳
我们用马蹄
抚摸天空
拥抱大地
我们飞扬起马鬃
梳理世界
我的骏马
在梦里嘶鸣
在心里缱绻
在怀里腾挪
在血管中驰骋
自其神志
长出神翼
召唤灵验
传递精神

传递精气神
酝酿智慧
对向往故乡驰骋的骏马
套绳失去意义
骏马晃动马嚼子
踏过动乱时期的灾难
骏马用马镫
迎接草原曙光
冲破羁绊
悠然奔腾
奋起铁蹄
傲然挺立在天地间
火焰里奔驰
碧空下远涉
大地上飞奔
血气旺盛的骏马啊
用四蹄收拢世界
其狂驰下云淡风轻
骨气惊人的骏马啊
为主人效力得骨瘦如柴
非所有风儿均为骏马
我想骏马系一阵旋风
更是磨砺意志的智慧之火
乃是地上的天书
有钢铁般蹄子的骏马啊
胡瑞，胡瑞，胡瑞

2004.12.18

我要写诗

印度著名诗人泰戈尔

追逐着
圣祖成吉思汗的马群
我要写诗
点缀起
蒙古诸部的智慧
我要写诗
拉起那
哈萨尔的神弓
我要写诗

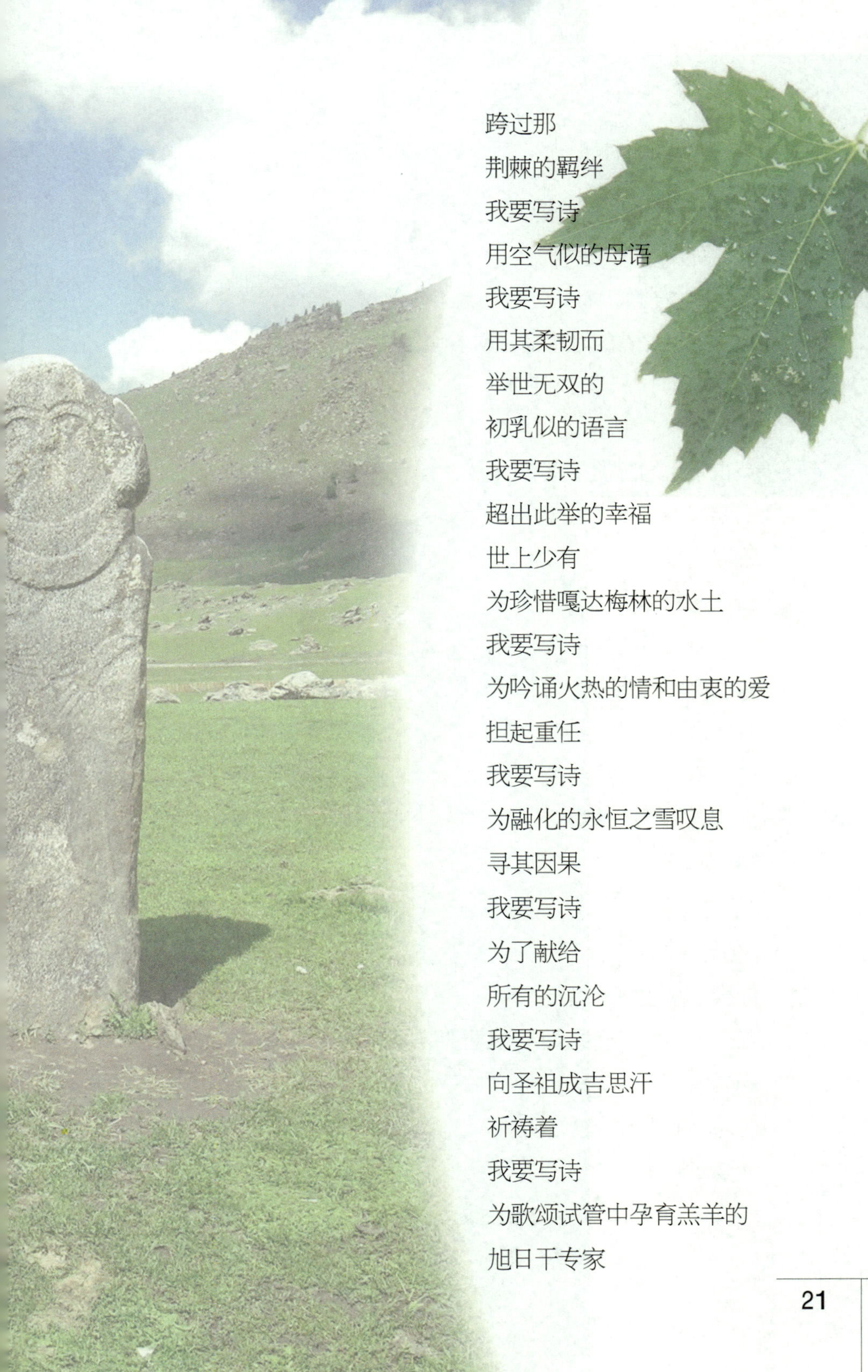

跨过那
荆棘的羁绊
我要写诗
用空气似的母语
我要写诗
用其柔韧而
举世无双的
初乳似的语言
我要写诗
超出此举的幸福
世上少有
为珍惜嘎达梅林的水土
我要写诗
为吟诵火热的情和由衷的爱
担起重任
我要写诗
为融化的永恒之雪叹息
寻其因果
我要写诗
为了献给
所有的沉沦
我要写诗
向圣祖成吉思汗
祈祷着
我要写诗
为歌颂试管中孕育羔羊的
旭日干专家

我要写诗
为颂唱研究蒙药
举世瞩目的博·格日勒图教授
我要写诗
为以蒙古合唱
位居世界之首的娅伦格日勒老师
我要写诗
呼唤着
蒙古文化的出类拔萃者
我要写诗
谁在质疑
诗歌为甘露
为让诗歌般的蒙古人
像江河般流淌
我要写诗
诗人不会带着斧头
而驯起心灵的神骏
诗意的栖居
我不会为砍掉
将爱我的姑娘
赤裸地搂在被子里
却还与情妇私通的男人的腿而写诗
而崇信
爱为心诚者而吟这一明理
我要写诗

2002.5.21

写于蓝楼居《成吉思汗的骏马》书斋

祖父与四胡

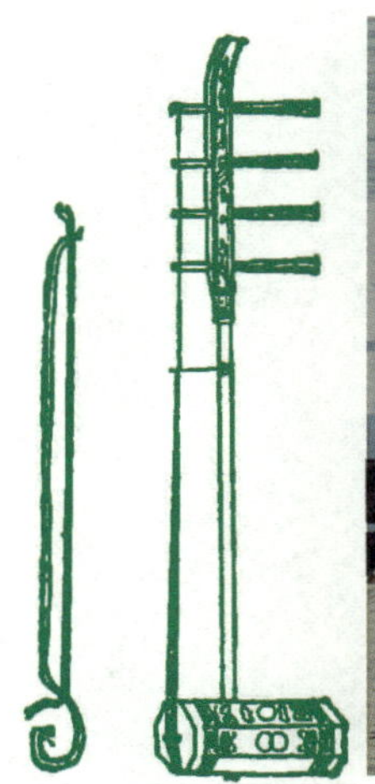

《阿爸》　德力格仁贵

祖父与其心爱的四胡、云青马是
从高空降下的石头
流向云端的江河
在抚摸不到的傍晚
祖父守护毛色鲜艳的马群
拿起钢弦四胡时
总是精神矍铄
琴弦流淌成吉思汗的智慧
开始轰轰奏响
讲述着狼和牛羊的故事
祖父得以否极泰来

从那美音萦绕的四胡里
江河呼啸着流淌

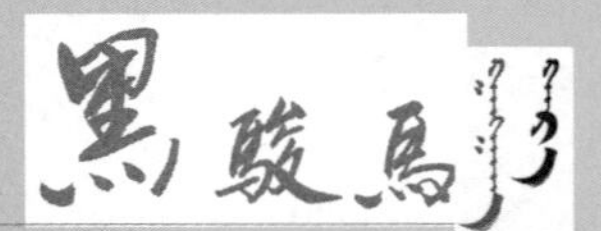

能歌擅奏的祖父
沉浸于四胡独奏
那看不见的
神奇而动听的音谱
呼着风，唤着雨
让羊儿叫，马儿跑
传递着遥远的音讯

一一讲述着
额尔古纳混的铁流
生与死的绝唱
原野上的碧尘
苍空下的氤氲
五支箭的谆谆教诲
迭里温孛勒塔合的灵光
天之骄子的智慧

拉起四胡的祖父
乃是世间故事的锦囊
他用清脆的音符
演奏着爱与悲

他演奏着——莽古斯的故事、格萨尔的传说
哺育婴儿的母狼
赠与金豆的狐狸
预报灾难的鸟
投手榴弹的人

我从乳汁般漫溢的旋律尝到苦楚
四胡的音符飘荡在澎湃的心潮上

我的祖父
留着浓密的白胡子
他是燃起牛粪之火
摆谱沏茶而解渴的人

百步之外的
香火光灭了
枣骝马的奔驰
震响弓弦

他的力量与敏锐
震撼大地争锋不休
他燃起了篝火
奏响情愫
用洪亮深长的旋律
延续着欢乐的那达慕

祖父与四胡
还有云青马的嘶鸣
为我倾洒月光
点燃无尽的爱

2001.1.25

黑骏马奉长生天之命疾驰而至
黑骏马乘铁木真的雄风呼啸
黑骏马卷动着铁流冲锋陷阵
黑骏马让欧亚大陆颤颤巍巍

黑骏马的鬃毛飘荡在苏鲁锭
黑骏马的细丝在琴弦上悠扬
黑骏马的驰骋演奏时代的强音
黑骏马的嘶鸣回荡着优美的元音辅音

腾挪而起的黑骏马似乎挥毫蒙古文字
紧窄的四个蹄子便是苍天之印玺
明亮的双眼便是太阳的指南针
用其乳汁酿制的奶酒更是灵药般的佳肴

黑骏马曾在大洋彼岸长啸
在蒙古利亚的剽悍下地球旋转
黑骏马游走在蒙古骄子心灵中
使得寰宇在此瞬间闪动智慧的灵光

寒来暑往的原野上黑骏马与我亲密相伴
当我筋疲力尽时黑骏马为我灌输心血
黑骏马是与我缘定终生的吉祥神骏
黑骏马是在我信念中冉冉升腾的朝阳

从《秘史》驰来的天马是黑骏马
使嫡系蒙古飞黄腾达的神骑是黑骏马

万部经卷中熠熠生辉的青史是黑骏马
功名盖过珠穆朗玛峰的金鞍是黑骏马

黑骏马守护了圣祖成吉思汗的福祉之火
黑骏马掠过苍茫人间的悲欢离合
黑骏马用汗水衬托了圣祖的威名
黑骏马化作开启宝藏之门的钥匙

宴席上吟诵着黑骏马的功德
杯中的美酒为黑骏马而飘香
黑骏马为人间奉献着真爱
在危难关头献忠主人不惜骏骨

烈焰升腾在黑骏马的飞鬃上
黑骏马腾空跃起彰显坚韧
黑骏马乘着飘香的风儿跋涉
黑骏马披着绮丽的霞光荣归

漆黑夜晚，黑骏马用缰绳指引信念
踏破重重艰险勾勒传说
黑骏马虽不能言语却懂得人性
驮着旷世英雄撰写沧桑

黑骏马驰骋之处升起敖包
为敖包献乳的蒙古人便会兴旺
黑骏马嬉戏之所诸神欢喜

为家乡送来幸福安康

黑骏马，在人们的梦里，心里
黑骏马，在人们的意志里，朝气里
黑骏马，在人们的喜悦里，爱里
黑骏马，在太阳上飞腾，在月亮上长嘶

黑骏马奉长生天之命疾驰而至
黑骏马乘铁木真的烈风呼啸
黑骏马卷动着铁流冲锋陷阵
黑骏马让欧亚大陆颤颤巍巍

2011.10.26

写于蓝楼居《成吉思汗的骏马》书斋

东方蓝月

东方蓝月

自传说之水升腾

自七百年前的天水升腾当空

在东方蓝月的映照下

山峦暗自朦胧

宛若妥懽帖睦尔皇帝的史记般雾色弥漫

2012.8.1

满都海斯琴

蒙古剧《满都海斯琴》的剧照

娇柔夫人满都海斯琴
您用孛儿只斤家族的火撑子
呵护蒙古部众
为使其不从马镫落下而
磨炼坚强心智

整个寰宇围绕您秀美纤腰旋转
坚韧消瘦的男儿
按捺不住欢腾时
东方火焰的蓝苗
凶神般冉冉升腾时
您的衣襟柔化一切

蒙古贵妇满都海斯琴啊
您乃灵动思想之绣针
缝补着男人的谬误
您乃智慧的磨刀石
砥砺残刀
使其再现锋利光芒

您乃平定朝政的皇冠
安抚民众的玉权杖
搏击长空的神圣白海青
降洒恩泽与力量的初乳

您是我们的圣母
您有成吉思汗般肃穆眼光
您有湛蓝色蒙古袍
您是如意结的金线
您是捍卫正统的玉柱
您是阳光的缰绳
牵引我们趟过动乱
是月亮女神
守护我们穿过蹉跎
蒙古圣母满都海斯琴
您不仅让吾辈怀念
而又或缺

2012.4.5

写于蓝楼居《成吉思汗的骏马》书斋

爱的敖包

为祭拜盛会敖包
我们趁黎明陆续出发
爱的敖包前
望见美丽眼睛

降洒的太阳雨
为我送来湿湿的言语
为拾起
自月亮坠落的微笑
我不断寻觅

盛会上人声鼎沸
欢笑接踵而至
诗歌的灵感
乘着牛车徜徉

2011.4.30

羽毛未疏的苍鹰

——谨以此诗敬献蒙古族杰出的长调歌王哈扎布先

您是从天而降的巨鸟
又复归于天的苍鹰
是翱翔天地间
展现天骄风骨的蒙古鸟

您系苍天之鹰
有流畅的歌喉
您系韵律之鹰
在马背颠簸上心情激荡

您为孛儿只斤原野的鹰
拥有雄健的翅膀
您为继承成吉思汗血脉的神鹰
唱响着悦耳的歌音

您的恩泽让后人守候着神圣星火
您将亿万年不曾稀疏的
金色羽毛赠予他们

2010.6.8

德德玛

——致歌唱家德德玛

八骏驰骋的
八千里山河是德德玛

日月般闪亮的
原野的圣洁乳汁是德德玛

银河之畔的
草原之悠扬旋律为德德玛
辽阔原野的绿浪为德德玛
苍苍世界
因德德玛而变得飒爽

2003.8.2

地上的响雷

——致歌手腾格尔

大地之
十三条裂缝
以你的韵味而愈合

在此瞬间
乞颜之火的蓝焰
熊熊燃起

火之烈焰
因苍狼的嚎叫而闪烁
世界幽静的耳朵

被惊醒

看那荒漠、野地
都沉浸在
绿色的记忆中
地上的响雷
挥洒着天蓝色的文化
滚滚作响

天之文
地之理
人性的优美结合
属成吉思汗火撑子的三块基石
让歌手腾格尔
如此这般——声名鹊起

2003.8.2

等爱的玫瑰

——献给“凤凰传奇”组合的玲花

玲花在拍摄电视剧《祥云奈曼》时，在科尔沁草原上留影

你从传说中来
你自歌谣降生
闪亮诞生在东方原野
用七个音符绽放在人间
何处传来雄鹰鸣叫
远处回响起骏马的嘶鸣

苍狼是否在森林里长啸
溪流是否奔向远方
花朵摇曳着色彩
芳馨飘散清空
彩虹闪烁色调
绮丽的色调飘入我的梦
我萌生一丝思恋
思恋情不自禁
涌上心头

蒙古高原为儿女们送爽
玲花啊，你悠扬的歌喉
飘荡在碧空中
夜空中多情的繁星
亲吻着大地在欢腾
太阳陶醉得发呆
月亮迷醉得忘我
山峦痴迷得高耸
河水痴醉得荡漾

玲花，你牵引着我的心扉
玲花，你在守护着我的梦
玲花，你让我心驰神往
玲花，你让我难以自拔

你是天生丽质的姑娘
你是盛开在岩石上的花朵

你婉转的歌喉如飘香的美酒
你是花丛间欢唱的红雀
你是真爱的玫瑰

2010.4.11

致娅伦格日勒

——献给蒙古族合唱指挥家娅伦格日勒老师

浮夸之言对您无益
诗歌对您显得苍白无力
嘹亮的合唱在您用心指挥下唱响

攻玉的他山之石
以您的音色而矗立
诗歌因你而或缺

才华横溢的蒙古娇女
首当其冲
擦亮了二十世纪的黄昏

伴着飘香的乳汁
您的学生们哼唱着《诺恩吉雅》
苏力德下的娅伦格日勒荣光照人

诃额伦是否为您赐予神秘智慧
被诗歌颂唱的娅伦格日勒
是否原为成吉思汗的公主

2002.5.25

诗歌的平反

永恒之树

——以民歌《达那巴拉》为题

《绣荷包》　刘凤玉

大爱之树
因达那巴拉而绿茵茵
婉转鸣唱的鸟
便是金香

真爱之树
藐视季节而发绿时
金香是候鸟
其实达那巴拉——功勋永恒

酸　果

——以民歌《金珠尔》为题

将梦中的果实
与微笑一起摘走
包裹着心扉的衣衫里
我做着梦，让信念驻留

一跃而起
眺望江南
将珍贵的衣衫
亲吻到老

诗韵的青草

——以民歌《万丽》为题

乌兰巴拉

其实万丽也许是
天上的仙娥
也许是在月亮上
孤独生长的一棵草
在风云之间
下凡到红尘时
燃起宝音贺喜格的蜡烛
如今一想前人的眼睛
不因万丽而绽放花朵

剪般翅

——以民歌《云亮》为题

飞到华丽宫阙者的翅膀
是那样柔软
却梳理羽毛时
梦乡尤为辽远
心中映现的拉格来村为
苍老天空下的小村庄

乌兰巴拉

花的颜色

——以民歌《龙梅》为题

乌兰巴拉

蝶翼下
不曾伸展的花朵是
龙梅

自由羽翼下

色彩斑斓的爱情是
龙梅

绊住马脚的空隙里
龙梅嫁到远方

风翼花

——以民歌《乌尤岱》为题

乌兰巴拉

风翼花
将落何处
白马的速度
何时赶上

想念的乌尤岱
在月亮中浅笑
念在梦里，醒来时
是否摔倒在分叉的树上

悲戚的鸟

——以民歌《韩秀英》为题

爱恋的酸果——韩秀英
思念的苦泉——韩秀英
因单支翅膀之过
永远受伤的悲戚的鸟便是韩秀英

小碗花

——以民歌《包金花》为题

包金花啊
偏僻的沙垛子里
也许我们曾玩过过家家
包金花啊
苦苦想念的时候
也许你成为蜡烛

希望美满家庭的故事
字里行间里有
温暖的心怀
我的哥啊……

无渊之水

——以民歌《黑茹》为题

可能是定下娃娃亲啊，黑茹
可能是你父亲为言辞所迫
要想辨明是非
还要属乌力格尔中的《黑茹》
水是用来饮的，黑茹
韵律是思绪酝酿的，黑茹
欲诗的哈斯巴根媲美起你
却不知水之深渊啊，黑茹

心灵的小公马

——以民歌《诺恩吉雅》为题

《诺恩吉雅》　安广有

在诺恩南麓的石头上
拖着缰绳的骏马吊膘了
弓弦一震响
故乡的天空被调换

溢向内心家园的是
女儿的夙愿
拍向真实彼岸的是
命运多舛的回音……

写于蓝楼居《成吉思汗的骏马》书斋

安代

库伦旗的舞蹈名曰安代
跳大神的信仰名曰安代
升起的篝火是火的安代
云卷云舒的蓝天是蒙古的安代
美丽的姑娘是情郎心中的安代
孩童是淘气心灵的安代
理想是绽放夙愿的安代
天鹅是湖泊幽静的安代
爱恋是情意奔放的安代
生活是真爱流露的安代
骏马是草原驰骋的安代
蒙古是我心中的优美安代

2012.3.28

标　石

吾乃不儿罕山的岩石
挺立的蒙古敖包之石
孛儿帖赤那后裔的雏狼
孛端察儿蒙合黑放出的雄鹰
吾乃成吉思汗狩猎的海青鸟
为传承 蓝血飞腾的火焰
神圣蓝水中游走的鱼儿
哈布图·哈萨尔射出的利箭

2012.8.1

诗歌的日子

我素不养无头之鸟
湛蓝天空不期待那种鸟
斟酌语言，编制思想
借助羽翼的力量感知天意
有眼无头之鸟
虽飞翔，却是太阳下的错误
无方向的那只鸟
其鸣唱中缺少真爱
诗歌自语言诞生
鸳鸯用羽翼歌唱
韵律之鸟拥有坚强思想
其蛋在神树金枝上被孵化

2012.4.3

闪烁在诗歌天空的苏木台宝达尔之石

——致蒙古国著名诗人日·却诺木

你是
碰到高墙禁苑的
饥寒时代的风
失足于山岩夹缝的白海青
欲辅佐朝政的妄想
用左腿舞蹈并严守梦乡的孤独

你是
浩瀚诗歌天空的单翅鸟
被监禁在死牢里却依然诗思泉涌的奇人
毫不畏惧铁锁叮当声的心脏
为倾听单曲而柔肠寸断的硬汉却诺木

摇摆纤腰的妇女们
用残缺的交谊舞，将你的心房踏得作痛
你似镰刀般优美地割倒弄伤
月亮般娇美的姑娘

你是
欲用长眼睛的手抚摸真实的倔强
用血齿咀嚼死亡的顽固派
闪烁在诗歌天空的苏木台宝达尔之石
阴霾下探听太阳讯息的悲苦

2011.9.17

夜幕幽然降临

夜幕幽然降临
渐渐变得浓密
不使人惧怕，宁静地降临
伸着懒腰，打着哈欠降临
夜幕温和地降临
不论高低，绮丽地降临
不分角落，紧密地降临
如此完美地降临到人间

火　星

——致诗人扎·仁钦

你是昼夜轮回间
激情露宿的月亮
为遥远的寻觅
驰骋而去的汉子

你是从文化传承的烛火里
取焰的圣火
在东京创业之行中
再接再厉不已

你是否在遥远的国度
延续着追求
与异国他乡的民众
是否话语投机

驼峰上弹着太阳嬉戏的
欢乐年华属于你
让房顶上的星辰
闪闪发亮的时节属于你

你是在诗韵的天空中
位列寰宇的星星
在山野的松林里
怅然呼啸的秀木

编　制

——致苏和巴特尔先生

盛情的宴席上
我们品味着诗歌与酸奶
与志同道合的朋友们
谈论诗词文章

你安排着编制
管理上班一族
你赏罚分明

实行工作制度

执行公务者
属于戴乌纱帽之列
可否将溜须拍马者
登记到生锈的数字里呢

无论人性败坏者
均被登记到人数内
而那些欠缺本性者
还被算到浮动的数字内吗

灵焰之火

——致诗人博·图拉嘎

你是叩开花梦的
多情的火星
是熔炼险峻岩石的
诗歌的油灯

你是远离他家火撑子的
灵焰之火
唯独在自家火撑子里沸腾的
恋恋深情的河流

你是向敖包移动的

诗韵的黑石
是向光辉飘动的
智慧的绿磨刀石
你拥有的幸福
被多情的心雨浸透
你拥有的欢乐
被信念的柔风吹得纷纷扬扬

诗歌的礁石

——致诗人特·那顺布和

你是伴我畅游翠林的
图书馆的挚友
是让诗歌和酸乳相会的
同乡的兄长

你是摸不到底的
大水之岩石
是永不见巅峰的
诗歌的礁石

你在韶华时代
挥洒过粉笔
你毫不理睬含情脉脉的姑娘们
安然走过她们面前

你是时常心血来潮的

笔墨飓风
挥动着妙手
抒写诗词文章
对于火热的情爱
你吝啬之极
你是否想用笔砚
吐露白沙垛子苍老的奥秘

火　山

——致诗人那杰那巴斯尔

你是厚积而爆发的
油井之火
是磨光发射的
锐利冰凌

你是深深潜藏并燃烧的
蒙古血脉的力量
是屡屡舞动鹰步的
力大无穷的搏克手

你是喷涌不息的
诗韵清泉
是乘着烈性公驼的
灵感旺盛的诗人

2011.4.10 —2011.4.13

缱绻酒杯的蒙古马和犬

那顺孟和

盛情聚会
酒杯满盈
八骏的嘶鸣
与飞鬃马一起
不由让我崇尚
他们在我的五脏六腑
瀑布似的奔腾
蒙古礼节让我们心潮澎湃

毛色绮丽的骏马
在梦中嘶鸣
频频举杯
我们在陶醉
偶尔在金杯里
猎犬奔跑
为狩猎而吠叫
因性情而周旋
拼命地争论
忘掉了一切
最终得以平静
再次举起的杯子里一切在盘旋

2009.7.16

胃是河流

——少饮则成蜜，稍多则成虎

胃是河流
将急和缓
猛吞

胃是河流
将剧毒和营养
分清

胃是河流
是慈母的微笑
娇妻的亲吻

胃是河流
是挥洒爱的河流
最能吃苦的河流

胃是河流
是生命的恩泽
一切欢乐的源泉

胃是河流
是开阔胸襟的世界
分散压力的星空

胃是河流
存着永恒之水
使爱与苦的海洋汇合

2005.12.10

脚

——2010年10月患腿病
在北京治疗时感赋

操劳的脚
为各自的思绪奔波
践踏着水蓝的地球
使其翻腾

疾走的脚
按各自路径疾驰
踏着甘苦之路
走得踏破铁鞋

为追踪人心
察看其脚印
鼎盛时代的足迹
纵横交错

从立地的脚
产生神奇的幻想
守护着火撑子
探寻世间奥秘

脚承载着体重
长途跋涉

已消除掉
支离破碎之灾

人立于脚上
直立行走
崇敬着人性
生生不息

没有无脚之人
却有无源之事
其脚难辨之人
据说长褂多得很

好人的脚
长得虽歪却行得直
贱人的脚
虽直溜却行得歪曲

大洪之声
咆哮得让人魂飞魄散
大脚的人流
其力能排山倒海

为探知水深
摩挲着水底
那双双羞涩的白脚
引诱着欲望的身体

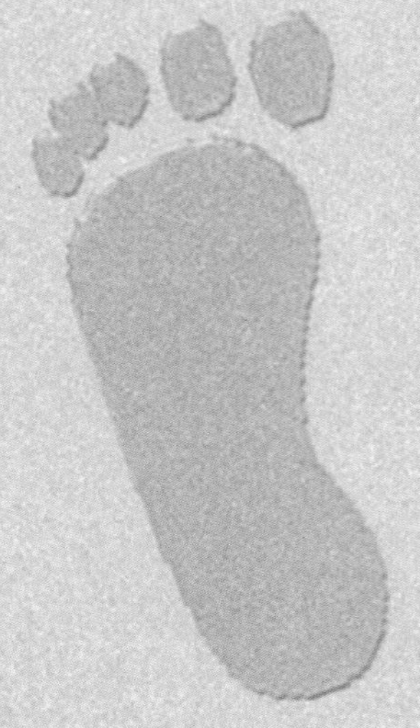

2010.10.21

蛇

偶然碰见时
你让人毛骨悚然
如触火般惊叫
如遭殃般猛跳

在旁观察时
你是无足的爬行者
心里仔细琢磨
你是厌倦冷血者

获取猎物时
缠绕是你的武艺

碰见食物时
生吞是你的饕餮

宅心仁厚地绕过你
你却从潜在的罪孽中爬来
将啃噬你的动物
匍匐跟踪不已

你水陆两路并进
以华丽的色彩欺骗人
你缠绕的身躯张弛有度
延续着蛇族的神勇

你吐着分叉的舌
解开风的衣襟
印有宇宙图案的蛇头
暗自泄露天机

若为你配上角和爪
便是腾云之龙
而窜过草丛的你
是下野的龙王

双脚的人踩到你
终被你伤得腿发黄
你的粗细长短
属世间的奥秘

你蛰伏冬眠
嘲笑着坐吃山空的人们
你隐遁山野
鉴赏着花花世界

2011.10.29

山岭

失之交臂的山岭
虽让人畏惧却不达
生疏的理念
虽然正确还是让人发昏

2011.9.17

蒙古牛

《勒勒车》 安广有

弯角上装饰着金纹
对顽固者以利角相待
明辨是非，深深反刍的
蒙古牛心思宽广

哞叫而来的花色母牛
是我精力的源泉
嬉戏欢腾的黑白花牛犊
是我儿时的甜蜜伙伴

田地里的牛
有超长的蛮力
我总是拽拉着它
伸开衣领

《有牛头的静物》　德力格仁贵

牛儿走出院落时
腿脚极其敏捷
行走于坡路时
却异常稳重

正如心急的人
吃不上荞面
牛儿不达目的不罢休
用劲力睥睨一切

在车辕里鞠躬尽瘁的牛
被人称之为沙日①
路途上它总是精力旺盛
能赶上狡猾的兔子

北方的牛
不懈于拉重货
将其推向市场
效益亦很丰厚

牛——忠实地效力于主人
牛——炫耀着蛮力
牛——康健的守护神
牛——真理的象征

2008.12.31

① 沙日：蒙古语，牛。

羊的秋天

羊从来不说话
以后再说是他的想法
羊其实是英雄
屠刀下决不呻吟便是他的胆略

羊从来不说话
温顺地躺在院角
他咬断舌头，不说供词
他时常孤僻地落泪
泪水沾满主人衣袖

羊从来不说话
是攥紧的硬拳头
是顺从的忠实者

是憨厚老实的肥油

羊从来不说话
是春天受灾的教诲
是长着肥膘的乞丐
是喜好圈棚的牲畜

羊从来不说话
不识法律和铜钱
是对跳墙的山羊
小心赐教的老师

虽被家犬恐吓
羊永远是一种信念
对温顺的坚贞遵守者

2004.12.16

谢顶之发

谢顶之发
倾诉着诸多事理
唠叨着，长错地方
掉落的亦有
唠叨着，被欺骗
转过脸哭泣而去的亦有
唠叨我心思繁多
厌恶的亦有
唠叨雨水稀少
干枯掉落而去的亦有
唠叨太阳过热
寻觅绿荫而去的亦有
为暴露于显眼的场所
悲痛而去的亦有
望见罪孽
羞涩而去的亦有
涂抹按摩油
脱皮的亦有
信念根深蒂固
看不惯虚假而去的亦有
被钱币的味道熏坏
贴着胸襟而去的亦有
报告六腑的疾病
痛哭离去的亦有
谢顶之发
倾诉着诸多事理

2010.4.18

猛烈的黑旋风

黑　洞

对黑黑的洞
最小心翼翼的是人

被凶险的黑暗
吓破胆的是人

擅于挖掘黑洞的
也是人

2011.5.13

战　争

因油周旋的战争
不能以理抗衡
是否将其践踏成灰烬
给予罪孽的惩罚

所谓战争
是胜者之理
败者之血

2011.5.13

油水之急流

红光满面的油水之急流
擦拭嘴唇的丰厚急流
奔流不息的油水之急流
欲要饮用的水之急流
另辟曲径的时间之急流
缰绳脱落的纵欲之急流
畅游人间的冷傲之急流
失去平衡的悬殊的急流
只顾自己的白昼的急流
留给将来的坚强的急流

2011.5.13

卖　场

价格不菲的卖场上
腰缠万贯者在行走
打折的卖场里
小资们在行走
摆着零星货物的卖场中
低收入者在行走

兜兜相觑
老练地开起卖场
恰似人情的强盗
热闹的卖场在沸腾

2011.5.15

地球人

热量达不到的地方
他们却能挥刀而砍
光芒照不到的地方
他们却能用火焚烧

地球人
从黑暗中来
返回到黑暗
宛若推磨般周旋
还尝试着吞火
到星球上踏步
为沽名钓誉而奔波

地球人
空手而来
空手而归

2011.5.14

卖心计的人

卖心计的人无足而行
像送花般若无其事
卖心计的人却迷失在心计里
秋霜般击打着真诚

2012.2.14

时间的投机者

时间的投机者
不需知识
只需金钱
时间的投机者
不需真诚
只需表面
时间的投机者
不需仁义
只需胆量

2012.2.14

心灵的掌控者

艳羡世界的眼睛
在你身上终结
烂漫花朵
略乏色彩而生长

2012.2.14

骆驼·狼·人

——属于同类是一门幸福

《冬季——赛驼》　德力格仁贵

吞噬诸多世纪的荒漠里
意志坚定的骆驼我不曾下跪
吾若咬紧嚼环一出发
艰难困苦便应声倒下

逃脱猎人的计谋
为生计东躲西藏

是我狼一生的宿命
不会乞求任何人

骆驼是否过于高大
不为驮重而气馁
狼是否过于凶恶
不逊一筹咬定不放

骆驼我不曾学得
践踏自己的脚
骆驼我更不懂
让人骑乘的道理

牧人们 憎恨我——狼
如此蒙古人还忌讳 我
骆驼在沙漠里有毅力
狼在野地里会隐遁

由于懦弱骆驼我缱绻同类
作为犬类狼我秘密生存
在期间人在走向极端

真诚变得多余
荒诞已或缺
语言在困惑

1998.9.16

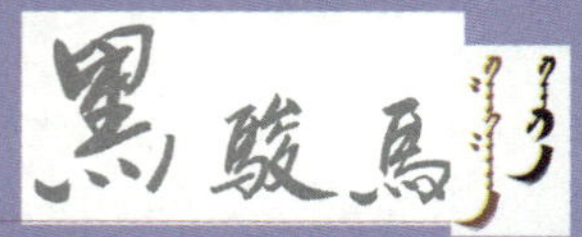

狼·狼·狼

——铁矿石凝炼着钢流，苍狼传承着秉性

你是从苍穹痕边潜逃的神物
獠牙发出狰狞的冷光
在丢失的骆驼骸骨上你烙下天之音讯
北方的孩童们光着脚寻觅其踪迹
圣洁的蒙古人忌讳其名曰宝海①
围猎中你的英勇使百户猎人惊慌失措
激战之时你的家族制度严明
如冷酷风暴般猛烈袭击对方
你宣扬仁义，拯救族中伤病者
你胆大执着，复仇时不惜牺牲
你慈悲为怀，传说中曾哺育婴儿
你是大地的动脉，以嚎叫声传递着信息
你是凶神恶煞，穷凶极恶时像开启地狱之门
你顽固不化，无论怎样抚慰不屈服于人
你倔强无比，尽管使尽套绳不为人看家护院
你凶冷的目光宣布着一丝思绪
你是对狼族血脉山盟海誓的苍天之蓝犬

2012.3.3

① 宝海：蒙古语，蒙古人对狼的忌讳称呼。

吐尔基山

——寻觅到心中的石块，添加在
崇拜的敖包上的是蒙古人

自传说中来
归传说中去
化作沾在衣襟的泪水
吐尔基山啜泣着生长

她亲吻东方戈壁的额头
化为感慨而卷动

她枕着残缺梦
守护七色彩虹

那一座山
为我浮想联翩而升腾
朝着太阳的吐尔基山
如今魂归何处

呼唤着吐尔基山
沸腾的人们
反复审视时
有何感想
吐尔基山之石
虽被置在宝殿仍云雾弥漫
那是从沙丘上腾空跃起的野马石
是印着苍天之暗语的花石

天上的苍鹰
未曾飞落吐尔基山
栖息于此的虎豹
是否被猎杀灭绝

吐尔基山乃
牧童的温馨屏障
五畜主人得以仰仗的山
捍卫富美科尔沁的神灵之山
传说回荡，乳汁洋溢的苍山

吐尔基山系
让理想巍然耸立的敖包
召唤快马繁盛的拴马桩
振奋人心的金链
让人世代瞻仰的奇山
守护安康的神山

吐尔基山
并非儿童乘轻风
堆垒的砂砾

2008.3.5

玫瑰峰

在阿尔山
山峦连绵起伏
像黑亮眼眸般的玫瑰峰
旖旎得让我心生爱意

玫瑰峰
绽放智慧在生长
月亮下
心绪萌生枝芽
在风口的石头上

悠然复苏
玫瑰峰
伴着吉祥的哈达
摇曳着生长
郁郁独卧的岩石
伸展着生长
玫瑰峰
爱慕世间的一抹抹颜色
浅笑着生长
因百无聊赖
憋闷着生长
玫瑰峰
守护着空荡的牛圈般
悲怆地生长
浸泡传说中的温泉
漫摇着生长
玫瑰峰
打开情欲之锁
红彤彤地生长
敲打着衣兜
悬着钩生长
掐指一算
食指不由隐隐作痛

2008.2.2

最后的湖泊

你是我儿时嬉戏的水
大自然母亲的眼睛

栖息于此的鸟群
在各自的领地里孵化着卵
雏鸟们有时
玩起捉迷藏

如此岁岁秋季
让我们深深惆怅
秋天的称谓
也许来自湖泊

关于秋天我们感慨颇多
秋天酝酿着丰硕的回忆

去年的雨
向湖泊乞求过水
年复一年之后的雨
夹杂着砂砾咆哮起来
其实太阳、雨露和风
均属于大自然
我们蔚蓝的地球
是人类伟大的母亲
为改造自然

我们繁衍得太多

蚂蚁般认真呵护
宝蓝色的地球的高山冰雪
朝着太阳闪烁
许多倒塌的丘陵
向着人们喧闹
成行的候鸟忽隐忽现
满盈的湖泊水库
成为最后散尽的自然盛会

2005.9.6

律动的世界

律动的世界
存在于梦里
果实的美颜
迷失在季节里

春眠
比情爱还要坚硬
黑小子的心思
比父亲的镰刀要厉害

在爱情的时代里失眠

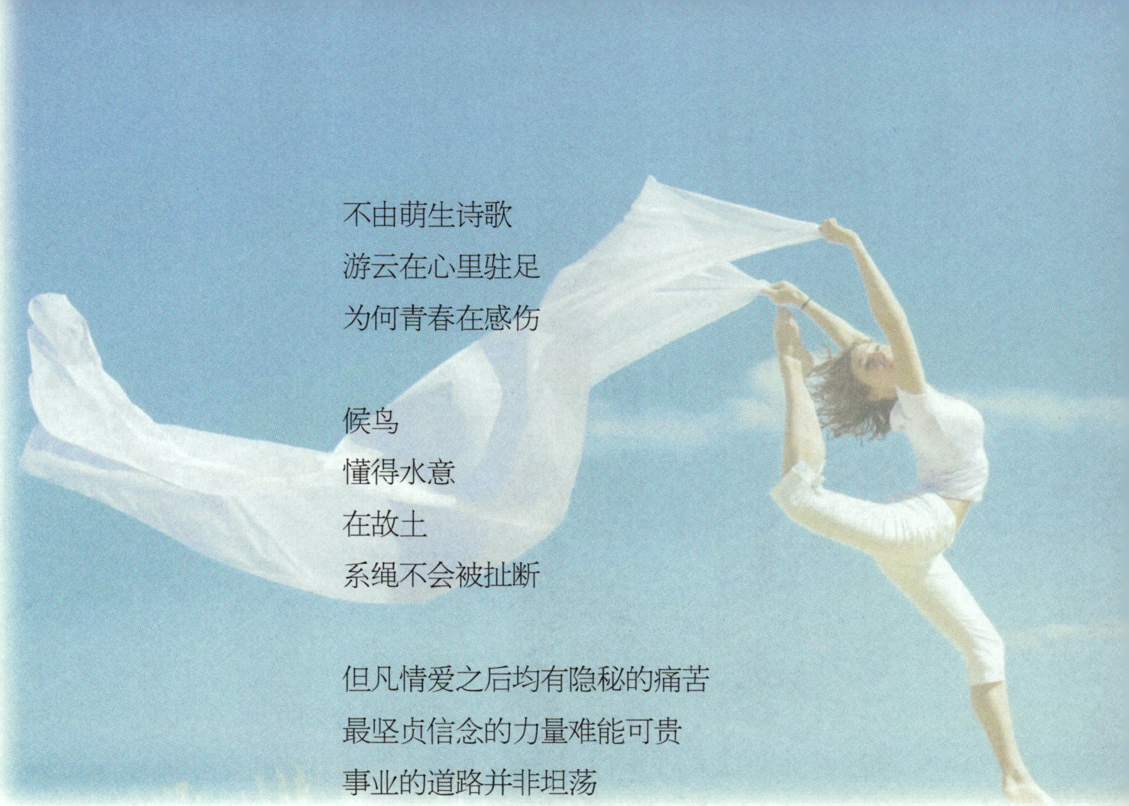

不由萌生诗歌
游云在心里驻足
为何青春在感伤

候鸟
懂得水意
在故土
系绳不会被扯断

但凡情爱之后均有隐秘的痛苦
最坚贞信念的力量难能可贵
事业的道路并非坦荡
色彩均有自己的风格

铁木真的烈风已飘过
我们唱起《天上的风》
自骏马之后兴起了汽车
律动不已是地球的哲学

1998.10.4

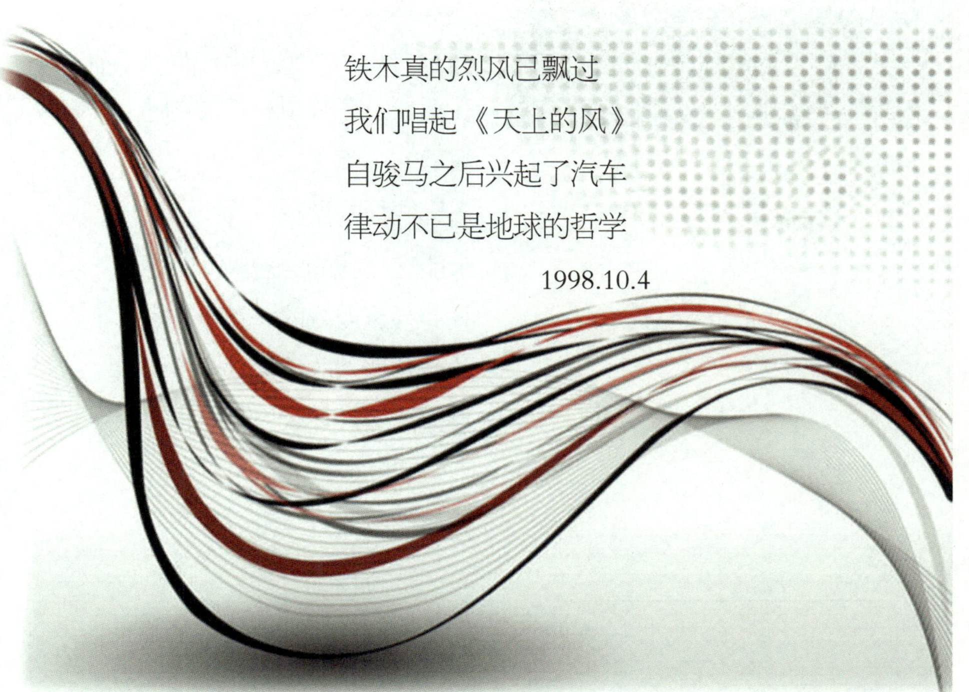

小镇的故事

其实我将启程
最后的这一傍晚
我不识得
向我无情袭来的
故事中诸多英雄的钢刃剑
在昨夜月亮之上
或许有过仙娥
其实，我从这个小镇启程
在这般没有故事和传说的
寂静的小镇里
永远驻留的游魂
未能充当我的思想
我为寻觅或缺的一切而启程
为所有情欲的清新地址而启程
每逢清晨八点的钟声
系着我的爱
铿锵作鸣
其实我将启程
最后的这一傍晚无情地降临

2004.12.13

呼和浩特

其实呼和浩特是白色的城市
乳香四溢的城市
其实呼和浩特是黑色的城市
嫁去的姑娘们遗忘母语的城市
其实呼和浩特是红色的城市
扬尘沾染殷红嘴唇的城市
其实呼和浩特是绿色的城市
虽酣眠熟睡春天依然醒来的城市
其实呼和浩特是寒冷的城市
骏马在驰骋中凝冻的城市
其实呼和浩特是酷热的城市
让辉腾梁的风儿变得柔爽的城市
其实呼和浩特是遥远的城市
戴着蓝帽独自迷茫
其实呼和浩特是属于你我的城市
虽酩酊大醉却安然躺在被里的城市

2012.3.18

圆月下的幽静乡村

奔流的轿车
被扬尘湮没
穿过雾腾腾的戈壁——走上宽路
我热爱的乡村多幽静
那里狗像羔羊
我数着它睡意惺忪的几声吠叫
不由发懒
乡村主人似肖像
笑脸上酒窝，陶醉得圆满

嚼着绿饲料的畜群
都发呆得忘却彼此
偶尔机器在嚣张
这里信息设备齐全
煎锅里肉汤在翻滚
“平民、贵族”等名词
迷失在这里
孩童们去学文化
老人们尾随进城
问寒问暖，看护孙子
走街串户的酒鬼亦不见踪影
生活的内容过于单调
富足时情爱变得多余
贫穷时爱却分享不尽

2008.12.31

月圆的旋律

——与年迈的白乙拉老师一起旅行时作诗

拉犁的牛儿
掀翻着太阳缓行
可怜的农民们
斟酌着秋天忙碌
白驹过隙的岁月
从脚底消逝
年年八月
月亮总是圆起来

1990.9.29

候　鸟

《白嘴鸦飞来了》　A.K.萨符拉索夫

落在我掌心的候鸟啊
我不愿占据你翅膀和心灵
只想聆听你委婉的鸣唱
忘却了
自己孤独地被锁在以往秋天
或空荡荡的鸟笼

1996.6.15

罕山的月亮

清凉的地气上
罕山高耸入云
大千世界的巍峨
弥补着我的爱和思念

浓情之夜的美梦
默默伴随着韶华
旅途的诸多头绪
乐曲般蜿蜒流淌

在奏响真情的家乡
有慈母醉人的微笑
金色年华的追求
嬉戏在乌拉特的氤氲中

在罕山之月下
游走乡间多美好
伴着野雁的鸣叫
秋天越发柔美

2001.8.20

损　失

从紧闭的门缝里
映射而至的那一丝心灵
若即若离
正悬于一线
美艳的姑娘你却
若无其事

误　会

将你朝里关掉的门
想朝自己开而敲响
想让阳光照射
你幽暗的房间
感知与否之间
我闻到你暗语回答
你泼过来的寒冷
冲撞我徐徐展开的思绪

抱　怨

你为何讨债般
将我紧追不舍
其实我
并不爱你
在慈爱的房间
你的距离越靠近我
我希望有个人进来
于是
你闪光的泪水淹没了我
我坐在那里
抱怨着
那个陌生人

启　迪

摔倒在鹅卵石上
摔破膝盖
因疼痛难忍
回过头一看
却望见身后
颠着步觅食的饿狼
惊恐逃窜

图什么

——致齐女士

杭盖圆月的
一半儿
被天犬吞噬而噎住的
那个黑色夜晚
在树底下
和马一起弄影的我
虽有爱意
却与辛酸相遇
怀抱着土蜂
让 烈马受惊
在健壮的心里
烙下伤痕
图什么
究竟图什么

沙柳般的性格

——致齐女士

想起你沙柳般的性格
厌恶至极
想转身离开时

你却向我低头认罪
从我宽广胸怀里
寻觅慈爱的空间
恰似漩涡之水
旋转奔流
性格如此的人
还有启悟之理吗

红彤彤升起的月亮

——致其木格女士

想不起何时
你我曾邂逅
你我好似野地里的石头
离得太远太远
需要说的少之又少
度过蹉跎岁月
红彤彤的月亮升起时
温婉动人的你
如坠石般
占据我心

信念之石

过急地说了
属于你

过早地回答了
属于你
在岔路上
与她狭路相逢后
你守护香火的秉性
总是让我觉得有些欠缺
但是
生活苦舟上的风凉飕飕
我在善良本性的驱使下待你忠厚
为你的幸福而鞠躬尽瘁
请不要误会
莫想尽办法欺骗我

两只鸟

坐在枝头的两只鸟
在啁啾着什么
世上诸事
千奇百怪
若不久
受惊离散
你们未圆的啁啾
将散落到何处

1990.10 —1991.2

山岩的小溪

我把咀嚼的干酪
掉落在你的水里
因此偶尔想念你
山岩的小溪
为寻觅之由奔向你

因牛犊的牧场
萦绕在我心房
你甘冽的水
跳动在我的血管里

倾听你的水声
闪烁的星星
黎明时归去

却未来得及询问
遥远的海洋或
欢跳的金鱼

生长在你
蜿蜒水湾的石头
被磨光了

顺着迁徙的步履
往返之时
无论炎夏或寒冬
你的水温依然如初

我想念着
在你岸边嬉闹
浇灌花朵的
那双温和的眼睛

自你的流水
我识得石之情意

这里没有轰隆的雷雨声
没有七色的彩虹
你无声无息的粼粼柔波
飘散着乳香

1995.5.5

忆念

我永不咀嚼
顽固的干酪
从永恒的间隙里咀嚼的干酪
我尝到欢乐和悲戚

1996.9.8

瑟瑟呼啸的老神树

在日月光华的衬托下您愈发美丽
在故乡土地神的恩泽下安然生长
在风雨的滋养下召唤着风马
故乡的老神树在论着理瑟瑟呼啸

2004.10.8

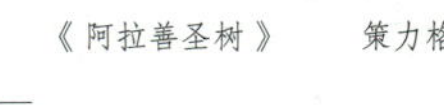

《阿拉善圣树》　策力格尔摄

我父亲是农民

康斯坦丁·费德罗·杰尼斯维奇

寄寓长生天之下
我父亲是农民
我生长在他的身影下
身影长长的父亲
养育了很多人
他竭尽全力去顶天立地
远去的身影隐隐约约
拉锄头之声铿锵有力
我父亲是腰板硬的人
是背着太阳走的农民
我们曾住在土屋里
总是惧怕天要下雨
屋角干净而空虚
想想我母亲是勤劳的人
至此，文明的一家在腾达
那时的我们总是挨饿
穿着总是捉襟见肘
在草丛里与同伴玩着捉迷藏
被饥饿的蚊子无情地叮咬
那时，我的父亲
总是称赞花色的耕牛
将金色的秋季
收割到大队的晒谷场

《远处的田野》 梵高

一言概之
您孜孜不倦地教育着我们
为了集体，我们大家
朝着共产主义奔走的那年
父亲卸下了沉重的包袱
此时的他筋疲力尽
但六个孩子已羽翼丰满
为了事业各奔东西
父亲自打田地活里
歇下来后心情空漠
喝得酩酊大醉
热衷于庄家的父亲
播种着生活的幸福
父亲像是远离院落的牛车
在广阔的深海里
他是我们的舵手

2004.10.8

父亲的草帽

背着晌午的太阳
苍老的父亲歇工
让犁和牛休憩的间隙里
午饭时我们与父亲相会

为放卸犁的牛儿
我们相互争夺
又痴想着
父亲的那顶草帽

母亲珍爱着遮阳挡雨的草帽
将它挂在高处
期待已久的我们
便出去放牛

沙葱飘香的辽阔牧场
远离宅院的我们
徜徉在宽广的乡野
父亲总看不惯时间的浮躁

古铜色脸上浸着汗水
父亲戴着草帽而归
结束了一天的劳作
我望见
父亲肩扛着信念归来

2008.11.1

农民的儿子

《远处的田野》　梵高

庄稼
我伟大的大学
我生长于此
我的智慧亦生长于此
我的笔墨亦生长于此

庄稼是
没有雨的日子抑或
没有肥料之时日的
憔悴的理想

望着田垄时
视野辽阔
意志坦荡
梦是辽远的

田地里
有我的老牛
可怜的犁
冒着汗的锄头
有我古铜色脸的父亲
还有那些可怜巴巴的心情

《拾穗》　米勒

农民的儿子
与庄稼一起生长
庄稼是大地之魂
庄稼是苍天的食粮
庄稼是总不疲惫的母亲
庄稼是哺育脑髓的恩公

寓言自庄稼诞生
平凡的传说自庄稼诞生
诗歌和长篇小说自庄稼诞生
一切由庄稼应运而生

2000.8.16

透心凉的秋天

《额吉》　德力格仁贵

蔚蓝的水颜色渐浓啊
欢畅的鸟群总在成行
大地扩散到边缘
郁闷骤然而至
唯有苍老的母亲您
呼唤着思念

您是否解下紫红马的缰绳
您的炕头是否变得格外空荡
听说二哥也离婚了
母亲是否为其命运而感伤
您为子女充当拳头
教诲攥紧拳头之理

为儿女嘱咐着：理想面前
像岩石般刚强之道
归去的秋天愁煞人啊，母亲

邻家女孩萨仁妹是否出嫁了
她曾双眼噙着泪
送我上路
围巾在那里泛着玫瑰色
她坚信我的期待
让我怀念这一切的秋天
不由让人柔肠寸断啊，母亲

《诺恩吉雅》总被吟唱着
故乡的月亮在梦里银辉遍地
湖水、雁鸭、北沙丘、骏马的盆地
不紧让我怀想起扎纳兄的枣红马
山谷间的两棵榆树
秋天是那么透心凉啊，母亲

2002.5.19

五角枫的叶子红了

五角枫不曾言语
坚韧不拔的仁义
在光与影的空隙间
遵守着自己的仁义

风雨追赶着天空
串起一个又一个季节
唯有叶子知吾心
年年秋季均发红

2005.9.4

四季之风

柔　风

被淘气的羔羊惊飞起的
候鸟的一双翅膀
在指间散热的
大地母亲的抚慰
在泉眼中噙着的
爱的温馨溢流
从宿草底下攒动的
生命复苏的向往

清　风

含笑少女的红唇
振奋意气的微启
并肩奋斗的同僚们
理想意志的激荡
从万花粉中
飘散而至的兴致
不为莺莺燕燕
所污染的诗意

秋　风

连串着雁声的
大地急促的喘息
使干旱的湖泊水光荡漾的
长长的叹息
自浅滩地飘香的
血汗的优美凝结
浸透入酸奶浆的
阳光雨露的佳酿

北　风

歌舞升平的
帷幔的卷绳
柔美交泰的
韶华的孕育
羊羔皮袄衣襟里
温暖心田的亲吻
洁白的被服里
守护爱的萌动

1999.10.10

伙长

《杭盖》　德力格仁贵

为拜见伙长
我赴甘旗卡
风尘仆仆的我
下了列车

进甘旗卡的我
没有甘旗卡[①]而来
伙长
握着我的手微笑

2010.4.11

车轮

向前转三圈
向后转三圈
向左转三圈
向右转三圈
还是向前转得多
神圣的太阳围着我转
玉润的月亮绕着梦转
车轮急速旋转
围着车轴飞速旋转
于是我们走得更远
于是我们来得很近

2012.3.21

① 甘旗卡：指鞍袋子。

苍天的距离

迷惘的我
进入你眼睛
你以为我是流浪者
毫不理睬
我摸索着
走到你心房
你却未曾告知我
那里有门闩

2012.3.18

那顺孟和油画

来　电

从劳动人事局下班时
熟人们 拨打着 138★★★★4489
给我来电
他们似乎了如指掌
炫耀着草原人家的故事
还有那甘旗卡镇的轶事
我们在劳动人事局
为职工的工资、职称、工作调动
为诸多繁杂的事而忙碌
远离村里的故事和家乡的奇闻
每逢节假日
我总是等待朋友们的来电

2001.9.10

对寒暄的踌躇

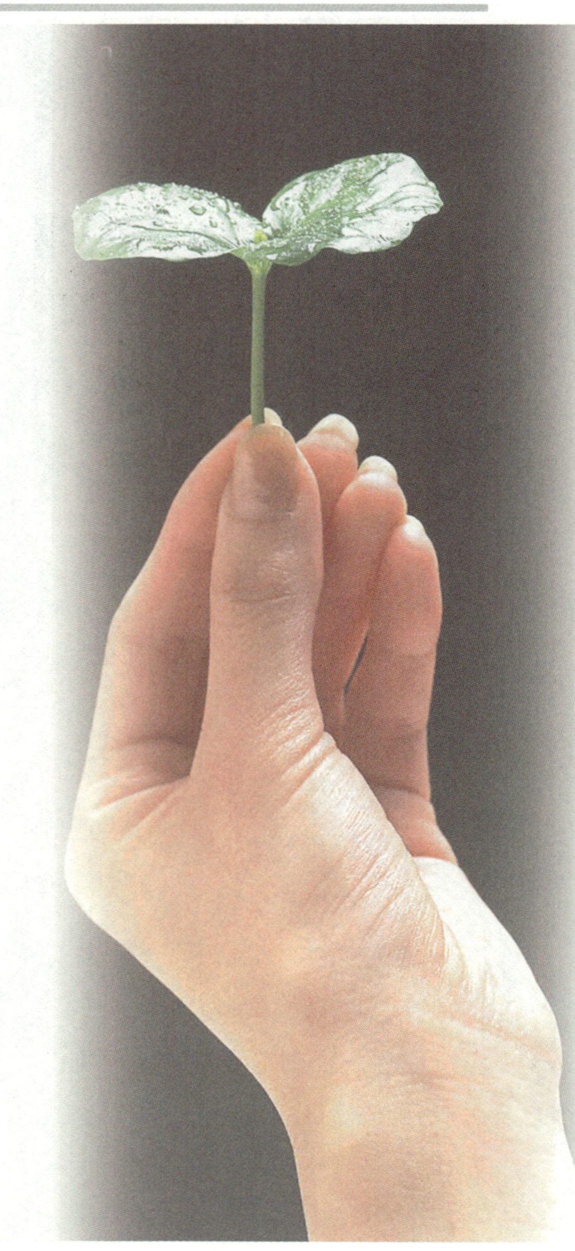

问候一声
你好
寒暄的手指缠结在一起
问候一声
二十年别来无恙
寒暄的速度盘结在一起
穿过
两个秋季
寒暄的皮肤凝结在一起
度过二十年
朋友间的寒暄已缓解
问候一声
你好
滔滔的寒暄已松懈
问一声
怎么办
拙劣的寒暄萦绕在一起
论起生命与情
朋友的寒暄已终结
在余生的轮回间
情意的寒暄总是在踌躇

2001.8.20

五个手指

——献给36位同学

莫要问姓名
一看眼睛便会认识

不能落下
一定要数好
若一个或缺
便成残废

用五个手指
弹奏吉他弦
三十六只鸟
鸣唱同样的旋律

用五个手指
攥起信念的拳头
三十六只鸟
飞向八方

用五个手指
将三十六人分类
其中三十一
将远嫁他乡

用五个手指
写诗之时
我是鞍袋空荡荡的猎人

1995.5.8

雨来的秋天

——作为对内蒙古民族师范学校学习时的回忆

《科尔沁的深秋》　德力格仁贵

老农们念叨着千万别下雨
便拿起了镰刀
老师沉思着千万别下雨
便擦拭着汗水

毕业班的同学们议论着
不久会将下雨
谈着秋雨欲来而
相互拥抱，絮絮细语

无论熟与否
都要收割庄稼
学习生涯已期满
只能卷铺盖走人

欢乐的日子
已瞬间平息
从默默对视的眼睛
将近溢出泪水

是非之琐事
叩开了后悔的门
浮躁时代的往事
如破损的旗帜般飘荡

将老师的责怪
曾误认为歪理
为自觉已成人而
总是心浮气躁

将道听途说之事
当作知识传达
几人在一起夸夸其谈
世界的奇闻异事

将每月的二十元补贴
倾囊而尽，大肆挥霍
不过半个月
向朋友乞讨化斋

给家里写信时
诉说着很多苦衷
把家里给寄的血汗钱
尽花在招待朋友的宴席

不因赶时髦而落伍
展现着大学生的风采
将残破不堪的衣服
穿针走线两层并缝

为晚间的舞会
留着油亮的头发
遴选着美艳之最佳
畅享韶华的欢愉

大事虽不干
小事却不断
使师范学校的规章制度
变得毫无约束

一双双亲和的目光
温暖着彼此
苦苦想念的时刻
在静静地流逝

心心相恋者
在双宿双飞
已成破镜的情爱
孤单得无路可走

将老师的毛病
当作笑柄谈论
热烈地谈论着新鲜事
上课时打盹被驱逐

将教子的明理
当作谆谆教诲
将钻研姑娘之道
同样探其究竟

对喜欢的人故作藐视
放在双引号，倍加思索
将暗自写下的情书

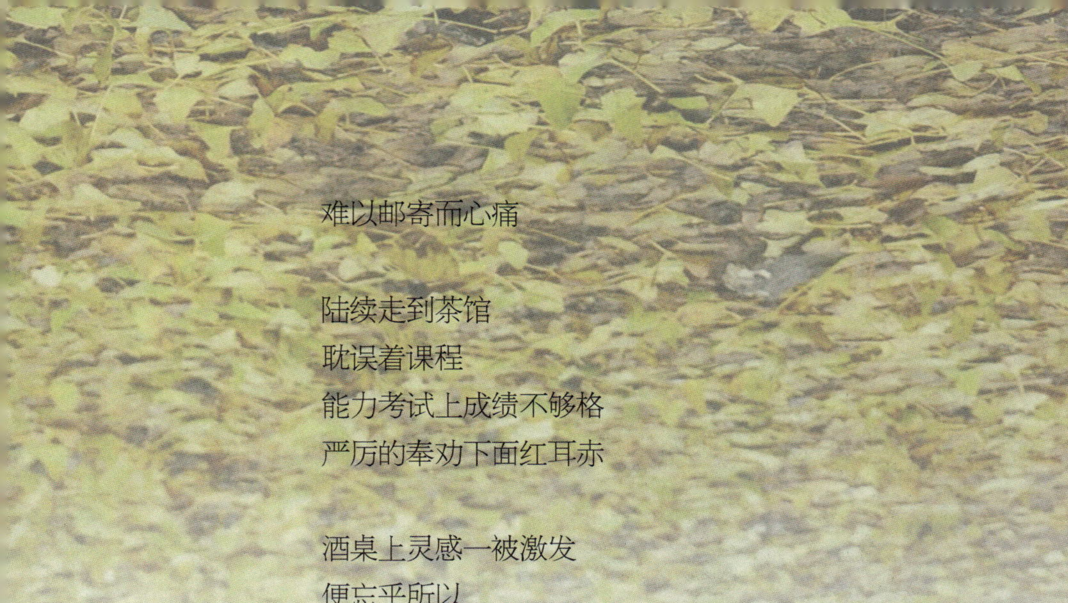

难以邮寄而心痛

陆续走到茶馆
耽误着课程
能力考试上成绩不够格
严厉的奉劝下面红耳赤

酒桌上灵感一被激发
便忘乎所以
翌日的课堂上犯困得
频频请病假

牛车拉起的庄稼般
在打草的那个秋天
我们完成了共同学业
各奔东西，分道扬镳

曾经的往事
如草丛中的蝉般鸣叫着
雨来的这个秋天
将浮想联翩当作幸福

为栽培我的母校
献上了此日记
呈上丰硕的事业
献上成就的厚礼

1991.4.10

诗歌之树

诗人巴·哈斯巴根

诸多鸟儿
在此树上鸣唱
此树用优美的旋律
琴瑟酬唱
年年春天来到
此树悠然发绿
挥洒最美季节的颜色
此树姹紫嫣红
宛若父亲般威严的山峦
此树在耸立
展开母亲温暖的怀抱
此树在微笑
鸣唱在此树上的
诸多鸟儿
变得羽翼丰满
翱翔于高高的云天
结在此树上的许多果实
以甘美的味道
为世人所折服
识得此树的人
变得清心明目
藐视此树的人
变得双目失明

此树其实是高贵树
不分季节的常青之树
此树其实是灵树
医治疑难杂症的神树
此树其实是圣水之树
能染绿荒漠的神奇之树
此树其实是凡树
开出烂漫花朵的怪树

1993.11.8

三个手指

诗歌的道路上
我与一位美丽诗人相识
我们属
一棵树的枝叶
我们偶尔
网上联系
三个手指是她的笑容
中间那只手指对她最忠诚

2012.3.20

一湖之鸟

——献给内蒙古民族师范学校
1986届22班的同学聚会

眼皮直跳，耳朵轰鸣
返回湖泊，群雁齐噪

我们是一湖之鸟
我们是一班的学子

在上世纪的八六年
初枝绽放的我们志同道合
成为一湖之鸟

在一个湖里戏水
我们属一湖之鸿雁

共饮一条河水而长大的
血脉相连的马驹是我们

在一块黑板前沸腾而坐的
一堂的学子是我们

同吃一碗饭的
一家儿女是我们

我们如此彼此相识，知晓姓名
成为同岁的莫逆之交

如此，我们在故乡的怀抱上，升腾起福祉之火
开始了同学间的友谊

岁月蹉跎，寰宇运转，在上世纪九十年代
我们踏上了酸甜苦辣的旅程

光阴荏苒，斗转星移，四年已过
我们完成了学业，各奔东西，追求事业

“时光如流水般匆匆过”是上世纪人们的比喻
转眼间，走过了二十年，为此感到惊讶吧

同学们，人生能有几个二十年
同学们，人生的道路上二十年有多漫长

云雾弥漫的青海
飞黄腾达的科尔沁

兴旺昌盛的巴彦淖尔
让人仰慕的锡林郭勒

蔚为大观的鄂尔多斯
鹿鸣声声的包头之野

兴安盟、乌兰察布、昭乌达、呼和浩特，在四面八方
我们都有爱的网络，遍布着同学们吉祥的足迹

在同学聚会上
请畅谈心中所想之事

在盛情的聚会上
请阐述珍藏梦里的幽默故事

我们如今依靠情意与理想成为完人
我们昨天在恩师的教诲下学得知识

同学们，虽然事与愿违
直到白发彬彬，我们志同道合

同学们，我真想献上哈达，斟上美酒
心潮在汹涌澎湃

我们将二十年甩在身后
不知心中珍藏着多少故事？同学们

我们的足下儿女们在欢腾
与娇妻畅谈今明是多么快乐，同学们

请让我们为人世间的酸甜苦辣祈祷
颂唱起充满爱的生活吧

祝福前来参加聚会的大家
家庭生活万事如意
祝愿幸福美满，天长地久

为事业、生活之故，未能参加聚会的朋友们
献上最美好的祝福，请相互传达为盼

喳，祝愿今朝的聚会吉祥圆满
祝我们的友情永远长盛不衰

请在座的大家
开怀畅谈
如在草原上般尽情享乐
如海洋般无限欢腾吧

2010.9.10

爱

汪洋的幸福来自爱
莫大的胜利来自爱
摄人心魄的温和眼神馈赠爱
守护梦的多情藕丝振奋着爱
滋润世界的活水是爱
施展神奇的力量是爱
无阴影的澄清热心是爱
冉腾信念之火的圣光是爱

人世间最自私的是爱
世上最丰泽的是爱
最残酷的袭击是爱
最牢固的屏障是爱
爱最平凡又最高贵
爱是不容污染的洁净空气
爱是不容浑浊的洁白乳汁
无爱人便亡
无爱情便散
无爱生活便离散
无爱世界便灭亡
大爱是无界的
唯有百花烂漫
圣爱是无痕的
唯有欢乐相伴

爱多了酿成辛酸
爱少了布满荆棘
即使为爱牺牲亦不足置惜
为爱赴汤蹈火亦不堪后悔
若因爱受阻一切将失去价值
若用爱衡量相逢者均觉痴迷
若藐视爱寸步难行
若珍视爱生命便可永恒
爱是心坎之窗
爱是梦的拴马桩
爱是恋恋的眼神
爱是金色世界的血脉

2012. 7.8

残缺的睡眠

残缺的睡眠
可用打盹弥补
残缺的梦
烂睡七天亦不能再续
半途而废的路
可再度跋涉走尽
而残缺的爱
破镜始终不将重圆

2012.3.13

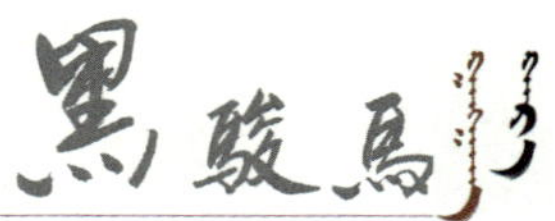

爱情之火

爱情是心灵之火
非随处燃起的信念之火
而是用眼神脉脉相赠的神采之火
在荷包里守护的幸福之火
爱情之火
可作哈那①
亦作守护者
爱情之火
架着火撑子
点亮套脑②
爱情之火
在我血液里燃烧
在如意结般的细胞里燃烧
爱情之火是圣火
执掌玉玺的永恒之火

2012.2.24

① 哈那：蒙古语，意为蒙古包的木栅。
② 套脑：蒙古包的天窗。

上天之石

珍藏于奈曼旗博物馆的“天外来客”

它并非
被激流冲滚而来的石头
它并非
被轻风刮来的石头
而是在命运星座烙下印记
坠落梦里的石头
萌生悲痛、思念和欢乐的石头

它是在烈火中
不曾熔化的石头
在三九严寒
不曾凝冻的石头
它是岩羊赖以生存的岩石
属至坚至硬的灰石
是以情爱的赤心
火热燃烧的石头

它非金，是石
占据着瞳孔
在你十八岁的
枝头上生长

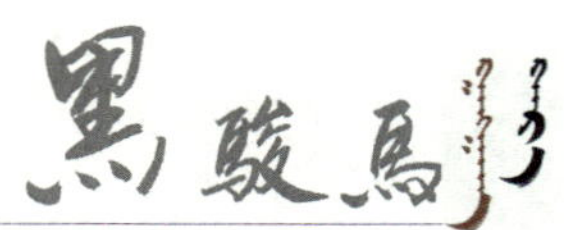

比拳头小的石头
沉思时黯然发黑
情爱之光闪现时
它焕发着幸福的光彩
随着年龄的消逝
石头独自沉默
香火的代代传承
磐石般生生不息

1994.9.8

野　风

不像硬汉的呼吸
倍感猛烈
轻轻亲吻我伤痛的野风啊
你幽然亲吻
我娇嫩的脸颊
最先侦探到
姑娘家圣洁的秘密
随着年轮老去
容颜憔悴之时
却毫不理我
滑肩而过的野风啊
你不愧为野风
小心翼翼的人们
不会再上你的当

1991.2.10

飞燕草

——致儿时的邻家女孩翠翠

在故乡灰色沙垛子里
我们一起手捧沙粒玩耍
还未入校的那个春天
我们不知有多大
与邻家女孩你

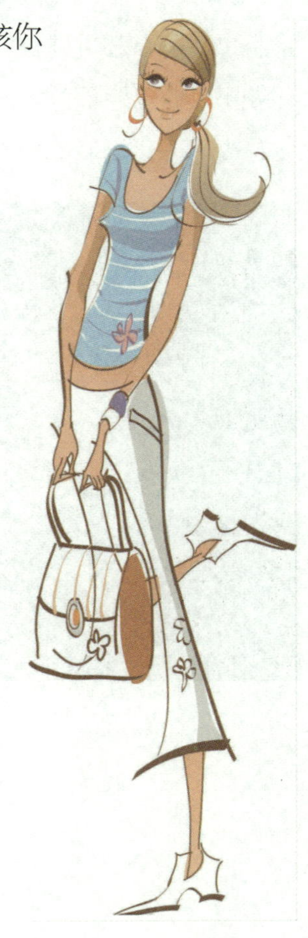

一起成长的孩提时代
我们还不解生活
玩过家家时
生长在沙垛子的
飞燕草便是你
迎娶到你的
沙垛子主人便是我

不生烟的暖屋里
不亲嘴的热被里
你我的爱情
是那么纯真无邪
真爱的那朵花
在春天里扎根

1991.2.19

地梢瓜

生下驼羔的母驼乳房
悠然生长在灰色的沙漠
世间的母爱
从她的绿叶洋溢

黎明时分
她的藤子上却见几枝花盛开
瞬间炫耀着娇俏的容颜
安然结下儿女般的果实

不解其奥秘的孩童
采撷她的叶子
地梢瓜为自己柔弱的命运
一声不吭地容忍着

对贪婪的淘气鬼而言
地梢瓜奉献的并非奶汁，而是营养
作为纯朴乡野的恩赐
她娇嫩的叶子化作飘香的乳汁

1991.2.20

愧对的心

我时常对儿子发脾气
对此，妻子发怒说：
“他反正不是野孩子”
我又说：“不该长的果子却红了”
妻子流着泪水愁怨
儿子却到外面玩耍
行人靠近他问：
“小孩儿，你是谁的儿子”
我儿子冲着他说：
“我是爹的儿子”，便愤然离去
问的人欲知道其爹是谁
望着我淘气的儿子发呆
旁观的我过意不去
赶紧拥吻宝贝儿子

1990.10.16

诗人的儿子克尔伦

心灵的礼物

——致毕业生们

一声毕业的钟声
轰动了我宁静的心情
湖里的天鹅即将南飞
故乡将刹那间变得凄清，同学们

请你们尝一尝新挤的奶汁
老师我再也找不到优美的蒙古语
苍天未给我赐予
演唱蒙古歌的婉转歌喉
至此，我谨献诗歌一首
期待你们的鉴赏
世人称蒙古人为歌者
世上赞蒙古人为诗人
非歌者，非诗人的老师我
仰望南飞的雁群
呈上心灵的礼物祝福你们
有幸步入事业之途的你们
请乘神骏，感受神奇
为振兴金贵的蒙古文化
托起永远的辉煌理想吧，同学们

秋雁南飞之时
欢腾的世界即将变得凄凉
同学们！聆听着你们动听的歌声
故土将会无限守望
秋天多么美好
果实在这个时节成熟
年轻多么美好
事业从这里启程

1992.6.7

奇葩照阆苑

——谨以此诗献给侄女乌兰获得博士学位

岁月迢迢指难数，
大雁往返二十载，
聪伶乌兰居书房，
潜心攻读获学位。

包氏一族素神勇，
骄女学母务女工，
世道苍苍入新纪，
一展婉婳女流芳。

2010.9.6

宝贝儿子

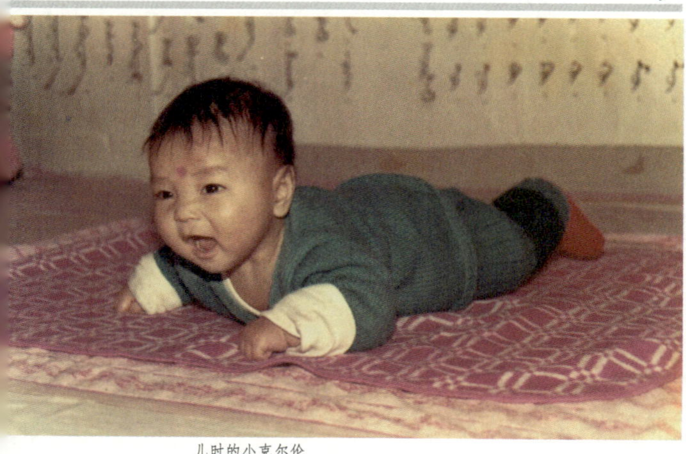
儿时的小克尔伦

你是结在玉树上的
金色果实
你是传承香火的
圣洁蓝焰
你是开启毡房套脑的
黎明绚烂的曙光
你是在火撑子里永远升腾的
博爱的火苗

你是自父母的胸膛溢流的
蓝波荡漾的溪流
你是比钻石还稀有的珍宝
是飞向远方的坚定意志
比人子略显骄崇的
宝贝儿子啊
你是生长在我心中的
四季常青的山岩
你是人们洗去苦恼的圣水
是惩恶扬善的利刃
你是在信念中光芒璀璨的骄阳
是迎来世纪曙光的清晨

1993.9.19

诗人的妻儿

诗人的儿子克尔伦

致爱子克尔伦

——题引自蒙古族谚语：
“与其学娇惯，不如学吃苦”

掏出心扉
赠给山峦
请到山峰上
拾捡梦蓝色的石头

你学会了
与母亲谈话

莫要学娇宠
吮吸错误

莫要玩弄天鹅绒毛
北面的湖泊将会孤单

请抓牢雄鹰的翅膀
雄鹰就是一团火

你将蛇误认为鞭
如此，你酷爱玩鞭
需用智慧来饲养

幸福一家

先祖遗传的黄骠马

诗人和儿子克尔伦

莫用干酪
换取糖块
请把那株檀香树
栽于大地

闪电映现时
莫要眨眼睛
紧随而至的雷鸣
均为云天之现象

莫用飞石击打
他人的看家犬
请把那双鸽子
喂养在屋檐上

母亲给你缝上了
衣服的兜子
请装上赠给的那把土
莫嫌它微不足道
它曾接住你和你的胞衣

1995.5.8 — 1995.5.9

暗恋的故土

《雪塬》　德力格仁贵

飘向我心灵的
那遥远的故土
曾在我的梦里
是那么难以跋涉

难以谙熟
这片暗恋的故土的
蹉跎岁月里
我们都略显幼稚

深深眷恋
沉浮在我心潭的
娇美可人的美妇
是我难以饶恕的过错

未曾熟稔的这片故土
掌控着暗自眷恋的火候
你我却未能等到
那悲戚的平反

1994.1.29

村 姐

明星般靓丽的村姐
在村庄里独占鳌头
如水般柔美的村姐
美艳微妙醉我心怀
太阳般璀璨的村姐
曼妙燃烧在诗文中
月亮般皓白的村姐
在墨香中散发光芒
活泼可人的村姐
是我儿时的记忆
展露着淑女风采的村姐
在村南的湖泊里唯美

清雅秀丽的村姐
如弯月般在梦里浅笑
让我懂得爱情的村姐
撩拨着我年轻的心弦
远嫁他乡的村姐
让美艳隐遁远方
你的嫣然让我饱受煎熬
正似打草的秋天般揪心
唯有你拥有万千娇艳
我在生活中唯唯品读着你
想念弟弟的村姐保守着宿命
思念中村姐翩翩而来
轻吟浅唱着婉转歌谣

2011.4.29

初恋的回忆

青铜钟声让我们相恋
为理想向往并肩而行
在公园争艳的百花中
娇艳的月季绽放诗意

在碧波荡漾
林木迷蒙的清晨
我接到你爱的秘密嘱托
晓得你逃避的因由

心中小兔乱蹦
硕果在树上歌唱时
我抓住幸福的鞍桥
初登青涩的镫子

我梦呓着你的芳名
让嫉妒的男生们受煎熬
自己却徜徉在长满香蒲的水库
将要歌唱欢乐幸福

我们在一起赏月
摩挲彼此行走时
多么舒心啊，敖敦高娃
我们一并怀揣呵护着

这般得天独厚的幸福
陶醉在命运的安排里
一切相逢都倍感可爱

在湖岸之水开始凝霜
炊烟逐渐发蓝发浓的
异常寂寥凄清的季节
你们一家搬迁到他乡

我们被无情冰霜击打
彼此目光里噙满思绪
难以跨越无尽的懊悔
在天各一方形影孤单

我躺在诊室的病榻上
肝胆虚热透过手掌
用比药灵验的心贴
震碎了病痛的细菌

你让我为寻觅，振奋信念
用黑亮的眼睛亲吻我
你的聪慧渗透我的记录本
飘散着雪花膏的芳菲

我自《向往的山》满载而归
朝气蓬勃的返程时
你曾迎面投怀送抱

幸福地欢呼雀跃

我信马由缰放飞理想
豪迈地行进在通途时
情爱的世界却变得凄凉
我独自瑟瑟地吹着口哨

候鸟成行南迁
诗韵已凝结时
你的音讯让我断肠
听闻到你即将结婚，敖敦高娃啊

起伏的生活浪涛里
较为常见的失恋者
为点根烟而摸索口袋般
我亦点燃一根苦涩的香烟

1997.1.20

怀念

爱的河流知晓
怀念的清泉自何处喷涌
花季的苦酸
在那里泛着浪花
我暗自怀念
从少年狂放不羁的心中
奔走而去的星眸姑娘

1993.6.26

苦水河

镶满许多许多
星光般明灭的回忆
坠入你汤汤的河流
石头不曾被年轮磨损

我知晓
心灰意冷的寻觅中行走
总是空荡荡
我夜夜失眠凝望
你迅猛轻狂的河流

浇花般娇气的河水
缱绻着漩涡流转
你那娇嗔的目光
温和地照耀我心灵深处

大雁不堪落水的
苦水河啊
你不曾塌陷的河岸是
演绎悲欢的悠扬琴弦

绿草茵茵的河滩
梦中浅笑的花朵

韶华的身影
清冷月影是那么凄凉

我不会每晚奔向你
不会为失去的一切忏悔
触动我盛年痛楚的
载着我初恋的苦水河啊

1999.7.6

七月的山里红

七月的山里红
伸展着丝柔的枝叶
七月的山里红
绽放花朵
我怀揣着
采摘山里红时
你赠我白缎巾
为赶至山里红林
涉过七个坡
走得过于匆忙
今年的山里红
过早地熟了
却不能与你约定采摘
落得个镜花水月

1990.9.17

亲爱的，你走了

亲爱的，你走了
悄无声息地走了
我等待你许久
我寂寥了很久
在湿润的雨中
望着你离去的方向
忘却了衣衫已湿透
发呆得让时间为之疲倦
用指一戳亦不再苏醒
虽被良心禁锢
放飞滴血的思念
思绪已被羁绊
唯有你能解救我
让我如此结着忧愁
亲爱的你走了
带走了我真挚的爱

1991.1.25

窗外的脚步声

寂寞啊
非常寂寥

寂寥之时内心总是空虚
问津起纯真年代的朋友

雨中的世界在惆怅
愁闷天空降洒思绪

外面雨声簌簌
独坐时心绪纷飞

画蝶时花朵举起头
斑斓的花朵少了灵魂

窗外闻见你的脚步声
我的心不由砰然跳动

你便是
雨中盛开的花朵

2001.10.11

自传说中走来的姑娘

——致李女士

上天惊奇地望着你
娇艳的仙娥而发怔
大地喜迎你降生时
绮丽花朵沾上雨露
你母亲做梦怀你时
更是皇妃般雍容华贵
你父亲亲吻掌上明珠时
因难以相信眼睛而发笑
弱女子听闻你的降生
转过脸，睫毛挂满泪珠
蝴蝶闻到你的馨香
误以为花朵而侵袭
望见你黑眸眼睛的人
会增添三年的阳寿
闻到你婉转的佳音者
如饮马奶酒般心旷神怡
你莲步轻移
跨过男人们的心房
你娇羞谦逊的性格
让人如沐春风般陶醉
自传说中走来的姑娘
非七色装点的彩虹
而是在东方原野上盛开的
艳压群芳的花魁

1998.9.18

我默默地走在你身后

——致王女士

静静地走在你身后
我的心隐隐作痛
倾听爱慕你的孤单心率
我在默默地行走

你微露的温和眼神
不由掌控我心神
成为感性的暗号
激起疑虑的千层浪

是否任何人都开启
难以言喻的火热情书
众人行进的脚步
如何走得一致

世上的道路多宽敞
你我在狭小空间相遇
不由萌生
至纯至真的想法
恋花的蝴蝶
在窗外翩翩飞

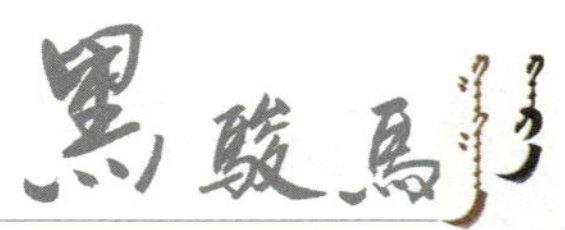

面对冰清玉洁的姑娘您
我的爱恋如蝴蝶般
被牵引

你静静地向前走去
我默默地走在你身后
若不能改变我们的步伐
永远走不到一起

1991.5.24

花之眸

潭水之月
荡着秋千
你花朵般的双眸
显得那么温馨可爱
从爱情吝啬的渡口
一晃而过也是幸福
划过夜空的流星般
匆匆坠落是罪孽
你清亮的眼睛
撞击着我心扉
你璀璨的眼神
在我梦中更显温和

2012.3.10

哈拉乌苏湖的天鹅

哈拉乌苏湖的天鹅
从远方飞来
炙热的情意
生长成岩石而期待

远远望见你的身影
便用温存的目光宠爱你
你像飞落哈拉乌苏湖的天鹅
独占我吝啬的情意

哈拉乌苏湖的天鹅
秋去春来
火热的情意
奔涌不息

1990.10.15

紫色围巾

——致爱人金花

品读它的颜色时
我不会寂寞
决不被鄙视和动摇
所绊倒
暖透心的紫色围巾
为梦赋予灵验
我将它捧在心灵的顶端
温馨舒适地居住在
阳光灿烂的房屋
你女儿家的纯洁笑容
不单单属于我
我要将那一丝笑容
作为年轮多情之链
视为诗歌金色珠串
当作直率爱情的钥匙
尊为信念的食粮
当作最珍贵的资产
深深亲吻
那条紫色围巾
炫耀着你纤纤素手的灵巧
汇聚着你聪明灵锐
我要用它包裹故乡的热土

1996.3.1

想你的日子里

想你的日子里
花朵失去色彩
那双清澈的眸子
潋滟在我心怀

想你的日子里
总是心神不宁
坐卧不安
饱受着相思之苦

想你的日子里
做事心不在焉
每逢事情之时
总是气急败坏

想你的日子里
圆月在弯曲
如牵骆驼的乡村故事般
让人按捺不住

想你的日子里
心胸变得狭窄
听不进一句
忠实的劝告

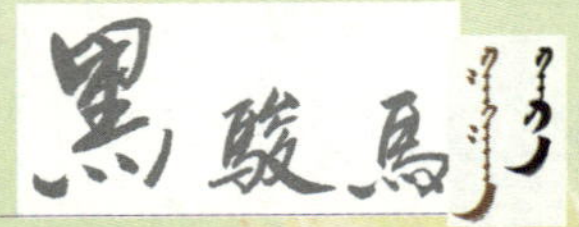

想你的日子里
茶饭淡然无味
总是夜不能寐
相思之苦亦是幸福

2010.3.26

三十里路

——妻子在满斗中学教书时的记录

诗人巴·哈斯巴根的妻子王金花

三十里路之遥
有我的妻子
我们各做一日三餐
涉过三十里路
我们心心相会
在充满悲欢的生活中
我们 唯独用爱欢腾

1993.6.26

裙裾的风

你的裙裾
卷动着芳馨的风而至
你虽似山间的花鹿般娇俏
我却不敢亵玩
温婉的姑娘您
乌黑的眼睛
熊熊点燃了我
让我心智迷惘
你曾如小黄羊般俏皮嬉舞
你的裙裾
绽放百合般的笑容
魅惑我而至
从绚烂的花朵中
飘然而至
陶醉而去
让蝴蝶似的心灵
激荡而至
挥泪而去

1993.6.22

黑眼睛的苏日娜

黑眼睛的苏日娜
偶尔进入我的梦
为了那未终结的学业
为了那集体歌咏比赛
为了那三十六位同学
为了那三十 一位女生
作为音乐班学生，款款走来
为了没有老师的爱情课
黑眼睛的苏日娜
偶尔进入我的梦
她化作骄阳般璀璨的女神
她化作明月般皎洁的期待
守护着他家火灶，腼腆走来
作为子女的母亲，袅娜走来
作为音乐老师，翩翩而来
作为怀念的鸳鸯，轻轻走来
敲打着我的睡梦，沉重走来
撩起我的暖被，妩媚走来

2012.3.24

黑框眼镜

——致一位戴眼镜的美丽女诗人

你的黑框眼镜
是一盏玉杯
你黑亮温和的眼睛
便是斟在其中的美酒

不落套索的鸟儿
却落在心扉
未被手掌攫取的眼神
却映入梦

花朵的芳踪
就在你黑框眼镜
欢乐的美酒
从远方陶醉着我

2012.5.19

镜中的诗歌 甜畅的交谈

戴镜子的人：
是否缱绻于诗歌
抑或被玫瑰色的眼镜所牵引
诗人：
自诗歌伊始的绮丽
是陶醉眼睛的绚烂
自眼镜溢流的情意
是遗留罪孽的灵感
戴镜子的人：
笔便是智慧
文便是骏马
诗歌是情爱
诗人您的才华是横溢的性情
诗人：
源自苍天的花朵是您
请激荡源自铁木真的灵慧
来自太阳的仙娥是您
请珍视用诗歌结交的情义
戴镜子的人：
宛若水草般清鲜
宛若顽童般活泼
宛若湖鸭般快乐
用诗歌结交的一丝情义

与日月同辉，开阔胸襟
诗人:
诗歌的灵感
有害于睡眠
迷醉眼的酒
折磨着情意
为何思念起
难以品尝的酒水
为何那初恋
被排于第二
戴镜子的人:
徐徐而来的是秋风的吹拂
朦胧显现的是孙布尔山的雾霭
呈献起振奋年华的诗歌之火
为微薄的命运增添追求
绽放诗歌的珍珠，镶嵌韵律之珊瑚
祝愿在年年秋季欢乐开怀，享受幸福
诗人:
衷心祝愿您诗歌的金缰绳
伸展到永远永远
戴镜子的人:
感谢贵友的勉励
生活的一个角落里以诗相连
以优美的诗韵共享欢乐是荣幸之极
诗人:
愿为幸运的金鞭所鞭策
并缰遴行乃是天之所赐

戴镜子的人：
为古老神圣的蒙古文化奉献微薄力量
让我们共同祈祷蒙古文化万古永存
诗人：
用爱的温馨滋养的诗歌
永远跳动在火热的血管
宛若你黑亮温和的眼睛
在我心扉里永世温存

2012.5.26

阿丽曼乌兰图雅

——致红霞

初见时，你是一位端庄的女人
细细一打量，是美得让我踌躇的美妇
阿丽曼乌兰图雅啊，你是他人之妻
是不容品尝的果子
陶醉眼睛的美酒
受怨孽袭击的空间
想你是我的心病
对娇妻而讲是错误
你是他人院里的花朵
帷幔深处的秘密

2012.3.21

诗韵的萨仁其木格

家乡的一朵奇葩曰萨仁其木格
湖泊中的洁白天鹅曰萨仁其木格
潜藏着爱的姑娘曰萨仁其木格
诺恩吉雅般远嫁的歌谣曰萨仁其木格

从村里共同长成的姑娘中
脱颖而出的飞燕草曰萨仁其木格
宛若脱缰的烈马般
让我的心砰然跳动的伊人曰萨仁其木格

萨仁其木格在梦里，未在镜子里
萨仁其木格在心里，未在宿命里
萨仁其木格在幸福里，未在缘分里
萨仁其木格在画里，亦在诗句里

2012.8.9

爱　情

情意中驻留着太阳
幽会中世界会永恒
爱情之火在夜里燃烧
火焰点燃被褥

2012.3.16

金冠贵妃花

——致白玉梅女士

挥舞着神鞭的
娟娟玉女既是您
振翅在远途上的
那只领头雁既是您

手握着铁鞭的
烈火的女儿便是您
为国民的事业不懈奋斗的
芳菲的旗手便是您

您拿着宝贵的汤匙
佑护一方安康
您有男儿般坦荡胸怀
媲美降临凡间的圣女

您是吉祥宅院的天窗
散发着太阳的讯息
您是铿锵的贵妃花
戴着金光耀眼的桂冠

2012.10.18

情欲的世界上爱情在燃烧

——每个人都是自己的世界，自情欲产生爱情

你花瓣似的眼睛
传递着灵慧
你优雅的身姿
散发时尚的芬芳

你清脆的嗓音
是否为迷惑人的佳音
你温柔的性情
让我倍受煎熬

美艳动人的姑娘
你在我心尖上行走
伴着一阵清风
你在我的梦里徘徊

哈克湖的鸟儿
在春天里欢畅
有着墨玉般眼睛的姑娘你
独居我心坎

步入都市的姑娘你
在谁的暖被里温存
多舛的命运让我
愈发伤怀

你是魅惑人心的
他人之美妇
你展露的诱惑
无尽娇柔矫情

情欲的世界上爱情在燃烧
欲望的缰绳牵不到幸福

2011.1.22

月牙泉

——以敦煌鸣沙山月牙泉图为题

沙山怀抱里撒娇驻留的月亮
老驼的眼里湿润打转的热泪

因期待何人而心里盼着共婵娟
野雁在年年岁岁期望不已

真情人虽人去楼空依然花枝招展
何时自银碗里畅饮醉人的花酒

星星沐浴的水潭显得那么凄清
初爱虽经岁月蹉跎依然永恒

弯月按捺不住而变得圆润
驼队的野炊之火在星星闪闪

是期待何人的倔强情意
穿过了季节的千万轮回

定下美好的约定我要去月牙泉
绵绵悠长的约期是否已经到期

2011.11.13

一颗石念珠

——以乌兰察布市葛根塔拉旅游区的岩画为题

在岩石上磨破
帝国的膝盖
召庙的灯烛
熏着蒙古人

顶戴花翎的官员您
从前是否为庙里的沙弥
是否偶感寂寥时思念
敖锐庙的陈月

向着信仰 的方向祈祷
是否迷失灵魂
你叩拜的相貌伴着荒原淡淡的月亮
印刻在岩石

你是依附在岩石里的肖像
是向往某个方向的信仰
是沉没于忏悔沮丧中的
不归的轮回

2010.8.11

岩画中的大都

——四季的大都

春夜的大都

积雪消融遁地洞
轻风飘来戏马鬃
闹市安民入梦乡
更夫棒子数街灯

夏日的大都

广厦俨然瑞气生
商贾云集八方拢
紫檀荫下老少欢
要论仙境属京城

秋季的大都

驯马放雕涨士勇
巡营查境五洲颤
揭桶设宴秋意浓
强盛大都世外尊

冬季的大都

雪花飘舞盖长城
燕山雪景映入眼
装饰殿阁新年近
金童玉女多盛宴

2010.10.16 — 2010.10.22

菊丽玛女神的金龙剑

手握着你的金龙剑
北方姑娘变得冰雪聪明
勤劳的妇女与太阳一起微笑
温馨地呵护着甜美生活

钢刃剑与巾帼
是那么坚韧不拔
在灾难面前力挽狂澜
奋发的毅力鼓舞人心
美丽的女神菊丽玛

用金龙剑除灾降妖
让人心怡的蒙古姑娘
用其心智装扮着世界

嘎达梅林小路

小路上飘散着
丹桂味的香
永远弥漫在
诸多人的心里

人们游走在
嘎达梅林小路时
莫忘手牵着手

1994.9.4

夫妻树

在此月圆之地
心情不曾寂寥
绵绵的情意
不曾烙下烦躁

亲吻太阳的叶子
不曾畏惧风霜
利刃难以阻隔
真爱的姻缘

用针刺不瞎
心心相识的眼睛
世上珍贵的品质
用万金难以换得

1994.9.4

龙 泉

龙女呈献着
炙热情意
龙泉之水
清冽得让思绪凝结

人们为了解渴
掬饮龙泉之水
自这圣水之中
尝到神奇疗效

为了观龙
人们来至龙泉
在龙女的佑护下
返回时都化为龙

1994.9.4 — 1994.9.5

诗歌的五月

——以一次旅游为题

五月的风

五月的风
舒展原野的胸怀
五月的风
卷动海洋的浪花
五月的风
让人心旷神怡
五月的风中
苍老大地变得少壮

钢　鸟

——以位于旅顺港的俄罗斯、日本人建造的监狱为题

钢鸟歧视着铁笼
热衷故乡的鸟儿
忘却了迁徙
它们不畏惧—
湖水冻结，寒冬袭来
热衷故乡的鸟儿
愤怒地鸣叫着

包石柱泥塑作品

故乡——自由
和平——知识
如此鸣叫着
钢鸟歧视了铁笼

水　洞

——以辽宁省本溪的水洞为题

山误认为
自己是泡沫
云雾缭绕地飘浮
山突然意识到
自己是石头时
山谷趁机用云水的形状
将它掌控
四海的神仙闻讯
从四面八方赶来
误以为天宫迁到此
在地洞里
各就各位

草原与大海

草原与大海
曾为苍天的两只眼睛
他们泛起的浪花

各显壮观
草原与大海
曾为姊妹
他们卷动的色彩
更显近乎

奔　流

极高速度在奔流
卑微物在羁绊
圣祖成吉思汗骏马的铁蹄
席卷着大地
诗歌的五月
唱响在心扉

2002.6.28

长生不老的圣水

天池

在敖尔豪岱[①]山
飘荡着苏尔豪岱[②]的传说
许多年前我的祖母
丢掉镜子，黯然失色

天池一片白茫茫
施展神奇
悠悠荡漾
天上的娇娥们
都奔向凡间

①敖尔豪岱：蒙古语，人参。
②苏尔豪岱：人名。

她亭亭玉立于大地
离天有咫尺之遥
在天地的约定中
一盆水在荡漾

黑亮的眼睛在眨巴
皎洁的圆月已当空
寻觅祖母的白镜
问询着那片绿洲
我来到此地

阿尔山温泉

渗透着母爱的
祥和之水在洋溢
许多年前我曾认为
寒泉便是阿尔山温泉

我被水的神奇吸引
来自公黄羊的牧场
公黄羊便是大地温和的旋风
那水即是苍天神奇的力量

苍天清淡的风
卷动宣告着公黄羊的讯息
大地的绿色生命在燃烧

上天的绿襟遮住
大地白洁的玉足
为抚摸它的手
迷路的人们绞尽脑汁

长生不老的圣水

七色的彩虹
不会从传说中的蓝水升起
轰隆的雷雨
不会从泉水涌起

苍天淡淡的清风
卷动大地的飓风
芸芸世界的绿色生命
在圣水的润泽下得以长生

神灵之水

小肚鸡肠的人
不曾驻留在芳香四溢的水中
向往而来的信仰
不曾被邪魔所挟持

石头里跳动的脉搏
胜过凶恶的狰狞

奸诈者的邪念
喘气得寸步难行

流着泪的小黄羊

——牵着小黄羊的妇女吸引着我的相机

露出生活黑色笑容的
面色素白的美妇
炫耀着胸部的曲线
却贩卖着濒临灭绝的眼泪

被她手中的锁链牵走的
小黄羊在可怜地挣扎
却被陌生者胸兜中的碎银
无情地鞭挞

五岔沟

——以民歌《五岔沟》中的仙境为题

在飞天之下
有父亲的天
在父亲的天之上
有公家的天

在黑森林里藏不住的汉子们
来自图谢吐罕以北的五岔沟

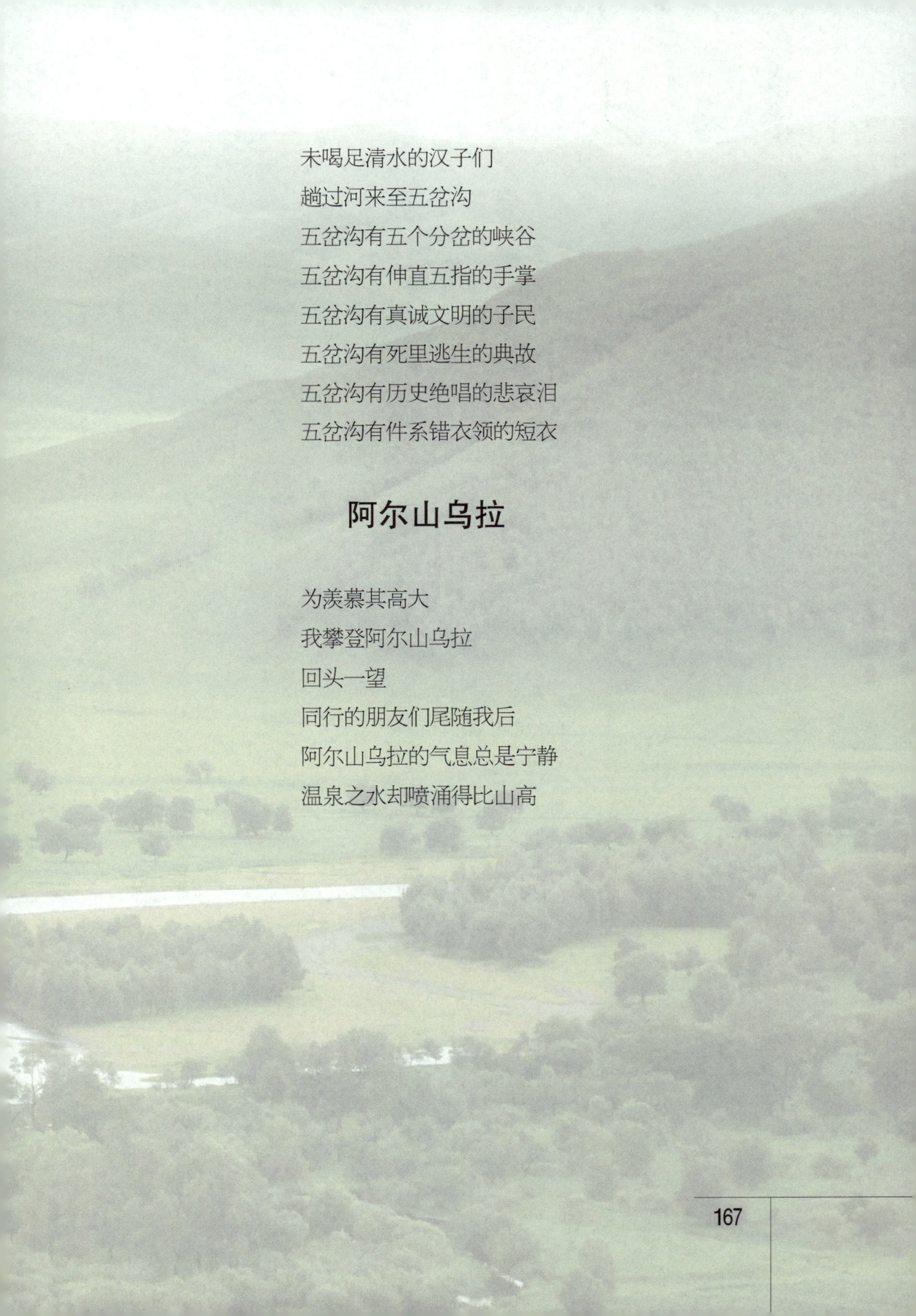

未喝足清水的汉子们
趟过河来至五岔沟
五岔沟有五个分岔的峡谷
五岔沟有伸直五指的手掌
五岔沟有真诚文明的子民
五岔沟有死里逃生的典故
五岔沟有历史绝唱的悲哀泪
五岔沟有件系错衣领的短衣

阿尔山乌拉

为羡慕其高大
我攀登阿尔山乌拉
回头一望
同行的朋友们尾随我后
阿尔山乌拉的气息总是宁静
温泉之水却喷涌得比山高

奇　石

奇石不曾长在沙漠
陨落的星星总在沙砾中
寻不到自己位置
受惊于天的鸟
又畏惧大地而飞起
吟唱着安康歌谣

杜鹃湖

匍匐在素日笑靥上的太阳
今日从无渊的水底游泳而出
棕色的山峦和杭盖
寻觅着美艳
杜鹃鸟的鸣唱和花色中
湖泊泛绿了
杜鹃湖潋滟着思绪
人子呈献着爱的圣水

2004.10.25

旅行的五个传说

龙王的崂山

——以青岛崂山为题

在崂山没有人祭祀龙王
龙王的海水拍打着崂山
优雅的崂山中最后的道士[①]
再也没开门的力气，老态龙钟
抚摸山峰之巅
却望见云海与龙王连成一片，共享欢乐

①道士：此地流传着崂山道士在墙上一画，便会开启一扇门的传说。

乐善好施的刘公

——写于威海刘公岛

鼎之三足
共享香火
正统之三分[①]
未曾一团和气
英雄的崇敬
不在于谋略

启悟到得与失
后辈们浪迹天涯
献出盛大的恩泽
世上留下刘公岛

蓬莱的月亮

——八仙为何过海

寻踪八仙
我来到蓬莱
却未见一仙
落得一场空

①正统之三分：刘备、曹操、孙权未曾和睦共处，诸葛亮亦未能匡扶汉室，此地人将刘备的后人尊称为刘公。

无花的世界便失去颜色
无女的世界便让人惆怅
正如阴霾般可怕
寄托悲欢之梦的蓬莱月啊
我游过你的怀抱
不曾想与“自传说中走来的姑娘”①相会

2006.8.27

承德的夜晚

群山怀抱中的承德
云雾缭绕中的承德
含泪迎驾
阔别已久的亲人

酷热难耐的夏天
我们从科尔沁而来
已热得火急火燎的我们
隐遁在皇家避暑山庄

承德的夜晚多么幽静
鲜花装饰的街道很典雅
飘洒而来的及时雨
浸透我渴望的思念

---

①“自传说中走来的姑娘”：我曾对一位女士写过《自传说中走来的姑娘》一诗，可做梦也没有想到与她在此相会。

拇指山

——以承德北山的奇岩为题

似男人的拇指
似男根的象征
是地球母亲的杰作
是山岩奇特的存在

用左手一摸——育女
用右手一摸——得子
摄影师和导游的忽悠
几乎都像真实的一幕

大自然柔美的纤体
各显其绮丽独特
物体与精神的合唱中
苍茫大地尤为清静

2008.10.30

热流纵行

——以长白山大峡谷深处的河流为题

热流在纵行
波涛汹涌湍急
峡谷深处的水
急匆匆地将去何方

峡谷深处的水
忙忙碌碌地欢腾
大峡谷的回音
洋溢着嬉笑声

好似紧随脚后跟的
娇小可人的哈巴狗
一连串的瀑布在奔流
脉动在自然母亲的小腹里

人们在此情意绵绵
人们在此结群成队
婉转悠扬的河流
在弹奏着大长白山

2009.9.16

地下河

每个血脉的波动下
心藏在跳动
每个灵魂的琐事中
受益者在喧闹
夜夜仰望着银河
将解除罪孽的圣水当作信仰
怀念不已

恶毒的秘密非世人均能晓得
世间的神奇非人力所为
是否用冰冷的思绪
填堵大地的裂痕
是否以轻微的听觉
解读火热的激流

2009.12.26

天　池

仙女的白镜
遭遇花瓣风
娇滴滴的芳心
却被遗弃在深潭
滴成泪

大地丰腴的恩泽
天池之水的涟漪
便是苍天的神秘宝镜

我们难以拼接
摔碎的破镜
谁都未了解
浑噩的心情

用扇子难以掩盖
世间口舌的尖锐
镜子却看不起
诗歌中的嫉妒

2009.12.26

长白山

自懂事之时便听闻
你源自传说的盛名
将你围在头上的巾
误认为是天上的雪

将你常年积雪的巅峰
当作千岁祖父的头顶来瞻仰
观望你四季常青的森林
刹那间不禁惊讶

将你神草和原始自然
解读为人参和貂的金库
将你与峰峦共存的山民
惊叹为风水宝地的拥有者

我夜以继日地游览
遥远的长白山
带领我的爱子
徜徉在世间的清爽

2009.12.26

九江之夜

——在人力资源和社会保障部
九江培训基地学习时感赋

九江之夜云雾漫，如入蒸笼客甚闷。
与子畅谈世间事，喜宿江南山水间。

2012.9.12

三清山

——以江西三清山为题

天赋三清翠绿浓，叠翠层峦更嶙峋。
巨蟒、企鹅、狐啃鸡，诸客齐观玉皇顶。

2012.9.12

一夜的情郎

——以“红军阿哥你慢慢走嘞，小心路上就有石头，碰到阿哥脚指头，疼在老妹的心（哪）头”这首井冈山等待参加红军的阿哥的小妹之歌为题

《一送红军》　冯印澄

将珠圆玉润的十六岁
酿成欢乐的美酒一饮而尽
阿妹因娇羞，不解情意之夜
送亲爱的阿哥翌日相别
因山石坚硬
山路崎岖凶险
因心心相印

步步情牵
怀着期许叠好
新婚之夜的被子
作为信念
期待往后的约定
参军的阿哥
已杳无音讯
日月忘却六十年风雨
阿妹已鬓发染霜
一辈子等待一夜的情郎
向轮回的春秋祈祷着一生幸福
树老得已成神树

山石被磨破，昨日的面容已模糊
望眼欲穿的眼神已昏花
倾盆大雨沁人心脾
精诚的心熔炼岩石
六十年、六十年、六十年的等待
柔肠寸断的等待
参军的阿哥
还是杳无音讯

2012.7.1

第二夜的阿妹

——以井冈山小妹等待参加
红军的阿哥之故事为题

第二夜的阿妹
独自躺在被子里
远去的阿哥
让她形影孤单

并放的枕头
在旁边空空
她流泪的梦里
阿哥发誓披着霞光归来

红军的队伍
踏着崎岖山路远去

度过新婚之夜
一对情人离别

第二夜的阿妹
独自躺在被子里
曾约定何时
与情郎相见

2012.7.9

庐山瀑布

太白金樽倾瀑布
天之佳酿飘九州
庐山云雾尽缭绕
碧空浩淼泻银河

2012.6.22

沃德淖尔湖水

甘甜的湖水在朝日下潋滟
为候鸟赏赐欢乐
清冽的湖水让我心潮澎湃
为牛羊恩赐甘露
圣洁怡人的沃德淖尔湖水
似银碗里的马奶酒般满盈
你滋养着成群的骏马
你勉励着远涉的游子
你清冽甘甜的湖水
洋溢着幸福的乳汁
圣洁怡人的沃德淖尔湖水
富美地恩泽这方水土
你自幽绿的深渊喷涌
焕发着明朝飞腾的风采
你在我梦中碧波荡漾
那是对美好生活的礼赞
圣洁怡人的沃德淖尔湖水
是流淌在原野上的歌谣

1987.4.16

双合尔山

你似飞落的雄鹰
在科尔沁的胸膛上展翅翱翔
你似颠走的骏马
在春天的氤氲中飞腾在远方
神鹰般的双合尔山，是座美丽的山
你的雄伟壮丽让我们敬仰
在古老的传说里
你是蒙古图腾白海青的化身
在祖母的故事里
在你的佑护下这里英雄辈出
双合尔山，是座神奇的山
你的雄伟壮丽让我们敬仰
在蔚蓝的碧空下
你巍峨耸立，振奋意志
在碧绿无垠的草原上
你剽悍壮阔地腾空跃起
双合尔山，是座雄伟的山
你的雄伟壮丽让我们敬仰

1989.11.13

草原的骏马

你从海尔河水颠跑而至
在遥远的牧场嘶鸣奔走
万马奔腾时大地在震颤
思念故土时挥洒着泪水

草原的骏马毛色鲜丽
有着返回故土的理智
草原的骏马有双神明眼睛
是名不虚传的天之神骏

草原的骏马辅佐了成吉思汗
驮起了娇羞的蒙古皇妃
让蒙古诸部锐不可当
草原骏马的威名举世瞩目

2005.9.8

爱的摇篮——科尔沁

《高原母亲》 德力格仁贵

你是敞开怀抱的绿色平原
你是哈布图·哈萨尔神弓传说
你用嘎达梅林的歌谣振奋精神
你用马王的神骏闻名遐迩
我爱的科尔沁，理想的科尔沁
奉献着火热生活的
爱的摇篮科尔沁啊
拉满的神弓承载着智慧
翱翔的雄鹰鼓舞着英雄
你用乌力格尔教养着儿女
你向世界炫耀着历史传说
我爱的科尔沁，理想的科尔沁
奉献着火热生活的
爱的摇篮科尔沁啊

2009.5.16

我爱绿色

春天绿意盎然，盛夏绿色渐浓，高山披上绿袍，大地染绿，绵延如海。象征美丽的绿色为我们带来幸福，是祝福美好工作和学习的季节？

当江河在绿色中欢腾，蝉和蟋蟀嘹亮地鸣唱绿色生命之歌，森林演奏绿色的音符，草原展开绿色地毯之时，奔腾的骏马欢快地嘶鸣，在绿油油的色彩中畜群越发斑斓。

我爱绿色。

我爱绿色环境。

故乡的绿野将我呵护在怀抱里，培育我的才智，让我的胸怀变得像故乡旷野般广阔无垠，振奋着儿时的理想意志，让我宛若跨上骏马般倍感自豪。

我爱绿色。

我爱绿色故乡。

我曾欣闻，因不儿罕山的铁石激起蒙古人的血脉，幽绿的杭盖变得丰美，由此诞生乞颜氏族。

我又曾听闻，因圣祖成吉思汗的秃尾黄马在绿野上翻转而草原的万马气力大增，震撼世界。

我爱绿色。

我爱绿色的自然世界。

在绿色之中，洋溢着洁白乳汁，从绿色生命绽放姹紫嫣红的花海，故乡乘着葱绿的希翼飞黄腾达，母校被染绿，富美的世界卷动碧绿色彩，万古永存！

我爱绿色。

我爱绿色地球！

2005.10.20

金秋之歌

一

在遥远的戈壁、荒野浅滩上，我听见吟唱着一首歌谣。

大地涌动金色的波涛，银蓝色的天空上白云飘飘，如一群天鹅般飘向很远很远！候鸟已远飞他乡，湖泊变得凄凉。沸腾的世界！您弃我而去向何处？

二

我期待你的信已很久！

心里感到寂寥时期盼寂静，但在寂静之中越发寂寥！

喧哗亦折磨着我的心灵……

我将如何？只盼像远飞的天鹅般有一双翅膀啊！

那样便可以飞向远方，与你相会！

我的恋人啊！我想念你很久！

三

原野上弥漫的雾霭已逃遁！

方圆百里清晰辽阔，蝉也稀少了。

唯有秋天泛着金浪，膘肥体壮的二三岁牛犊在跑，偶尔听到牛儿洪亮的哞叫声，倍感深沉惆怅。

那天我远去了！

如此，远离了你，恋人！

于是，远去的心向往着你……

四

金秋的歌谣被谱写着，有缘相爱，藕断丝连，我想念着亲爱的你……

人世不是被情爱支撑着吗?

立足于爱之上的世俗编制着悲欢离合，让人沉浸在泪水与笑声夹杂的生活中。

生活确实美好!

五

吟唱金秋的歌谣多么美好啊!

我亲爱的恋人啊!

让你我熟透的金秋爱情果实金灿灿地挂满枝头，祝福我们美好幸福的生活!

请唱起嘹亮的金色歌谣吧!

就让新生活的诗韵融入秋天之歌，镀到它的金色，回声嘹亮!

1990.4.13

鹤在吟唱

——人故有思，有爱；鹤故有爱，有思

生态竞争明争暗斗，其间有些酿成罪孽

鹤在吟唱。

在湿地那边的沃登小丘上，鹤在吟唱。

湿地牧场的孩子们唱着“若鹤吟唱，七个小丘便会发绿”。

七个小丘果然发绿了！

一对鹤在沃登小丘上献出天籁之音，欢舞鸣唱，用秀美的柳条编制精致鹤巢。

传说中的丘地回归人间。

鹤在吟唱。

湿地的湖泊洋溢着，鹅鸭和鱼儿在欢腾，声声相唤，传达爱意，盛情欢歌。

那对鹤如此婉转优雅地吟唱欢舞着，在暖巢里忙碌，生下了一对斑驳的蛋。

雾霭柔柔地弥漫在沃登小丘。

远处闻见水鸟的阵阵叫声，显得格外宁静！

母鹤将一对斑驳的蛋蛋呵护在怀抱，数着日子孵化着。于是，俏皮的公鹤恍然大悟，觉得寻觅食物，伺候爱妻，聆听两个蛋蛋的动静就是舒坦的美差，那是上天所赐的恩泽。

一天、两天、三天……日子的流逝对一对恩爱的鹤来讲不是期待的时刻，而是幸福的时光。

每过六七天，母鹤便舒展筋骨，舒经活络，放放风。中午之时，公鹤飞来，并对两个斑驳的蛋诉说着：“是我，你们的父亲我来了！”

温暖的天、雨天、热天、曝晒的天……昼夜的轮回虽然使一对恩爱的鹤尝到酸甜苦辣，但两个小鹤孵化的时辰已到，它们用尖锐的喙戳穿斑驳的蛋壳，摇摇晃晃地显出毛绒绒的可爱面容。

雾霭渐渐飘荡在沃登小丘上。

一对恩爱的鹤在空中吟唱时，远方的小丘发着绿，邻近的湿地也在泛白。

一天、两天、三天……美丽的日子对两个小鹤来说显得那么稀奇古怪，但它们恩爱的父母却幸福感油然而生，倍受振奋。

在夏天，两个小鹤生长得羽翼丰满，朝气蓬勃，嘴角的黄色开始褪去。父母大显身手，带它们进行飞行训练。

沃登小丘一片蔚蓝开阔。

为孩子们觅食的母鹤在幸福的草地上行走时，不幸失足落入万恶人家放置的套索中。公鹤虽望见妻子落难，但难以从人类的阴谋中救出，无奈回到孩子们的身边徘徊不定……

雪花静静地飘落在沃登小丘上。

两个小鹤在父亲的催促下起飞迁徙。

公鹤缱绻着爱妻凄婉的心声，飞旋在那户自私人家的上空，在沃登小丘上悲鸣，使得湿地波动，湖泊啜泣。我的相机长长一叹，解读了这些场景……

2009.11.2

托起明天太阳的园丁

黎明将为世界开启新的一幕！在新的开始中一切都将受到美好的恩泽，升华至生命光辉的境界，为理想向往而努力奋斗。

至此，人们为美好的曙光、为心旷神怡的明天献上憧憬和信念曰："冉冉升腾的是太阳，光宗耀祖的是儿孙。""坐骑有鞭子，心智有毅力"亦是否缘于此？

孩子们，为何充当人类的理想，明天的太阳呢？

是否缘于为风箱的火焰增添热能？

是否缘于为青铜马镫鼓舞信念？

是否缘于你们传承文化遗产？

是否缘于你们勾勒理想的明天？

坚信明天的人类会将翌日的太阳呵护在心扉，守护在梦里。他们育才育德的传统教育风格被烙刻在甲骨文 、石文之上。

明天——光明的象征！

太阳——对亲爱的孩子们的美好称呼！

明天、太阳和园丁有如火撑子的三颗基石般永远相连。

哺育乳汁的母亲，

传授知识的老师。

世间平等的博爱有如酸奶、诗歌，吟唱这些的乞颜氏族用聪明才智谱写并演奏着歌谣。

自混沌初开伊始，

自鼎盛的朝代灭亡的历史伊始，

自微观世界被掌控伊始，

到我们的饭碗之边沿，

高尚的教育启发人，圣洁的教诲振兴世界的定理已被证明。

老师——园丁——尊贵。

地位却如其碗口般渺小。

而对孩子们来说便是汪洋大海啊。

老师——精英——富有的人，善良的人！

事业的仙翁——园丁啊。纵然世道变迁，商贾相争，老师依然在大海上航行，不会沉入海底，不放弃手中的缰绳，实属难能可贵，值得赞扬。

纵然斗转星移，红尘滚滚，园丁头脑清醒，不愧对所从事的神圣事业，可敬可赞。

老师是时代的开创者，史册的撰写者。

对老师、园丁而讲，所得的利益仅有碗口般大，但遗产有如太阳般巨大。

若让世人竞争勋章，唯有智慧的园丁——老师的胸襟上可佩戴星光勋章！

“为贪利而伸的馋手，

虽然活在世上实属卑微之手。

沾染粉笔的可怜之手，

是在星辰上签名的灵妙之手。”老师若无其事地教导着学生。

是啊！园丁本身便是诗，是博爱之诗韵。

他们付出的是生命，奉献的是热量，智慧的蜡烛实属老师。

可怜啊，园丁！

伟大啊，园丁！万年的兴旺是他们的欢乐与自豪，历史和胜利。

在尊贵的园丁的掌心上，

升起明天的太阳！

将民族文化遗产，

继承传授的所有园丁们！

万岁！

万万岁！

1999.5.4

蝈蝈鸣唱的原野

曾几何时，我一回忆起童年，在原野上玩耍嬉戏的孩童身影便会浮现在眼前。

至此，我伸出手掌，眺望远方，呼喊道："世界啊！请把我金色的年华还给我?"此时，耳边似乎回响起儿时稚嫩的声音。

哎！多么美好的时光啊！看几个活泼可爱的小家伙渡过德日苏图河，穿过德日布格那图召，迎面走来。

在那草叶上的露珠晶莹剔透，闪闪发光的清晨，我急忙睁开睡眼，匆忙吃完奶油拌炒米，趁母亲系牛犊之机，早已赴约，跳过墙，爬过沟，逃得无影无踪。接着，我们这些"大人们"便上演大闹灌木丛、河岸，惊起小兔，狩猎刺猬，丝毫不放过地戳钻旱獭洞口等闹剧！

此时，独坐枝叶上的拇指般大的绿蝈蝈演奏起婉转的旋律，绿浪滚滚的广阔草原胸膛上姹紫嫣红的花朵宛若舞台上翩翩起舞的姑娘般摇曳于风中，争奇斗艳。

故乡的原野世间独有，以它旖旎的自然美景陶醉人。但占据我儿时的艳羡之心，让我心神荡漾，产生共鸣的还属那些可爱的绿蝈蝈们演奏的优美乐曲。

在炎炎夏日下，拖着磨破底的布鞋，越过膝盖地卷起黑色的裤腿，沾满德日苏图河的泥水，去捕蝈蝈是我淘气十足的童年最大快乐所在。

穿过灌木丛，侧耳一听，远处闻见蝈蝈鸣唱声，使劲跑过去时，警觉到的蝈蝈似乎看到我的身影，刹那间演奏顿停。

我一动不动地站在原地时,那蝈蝈又接着演奏起来。我轻轻举步,一步……两步……三步……悄悄地靠近它，它却在枝头在发出"吱"地一声，停止演奏。

我看见了它!

我轻轻地俯下身，悄悄靠近它时，那家伙嗖地跃起，落在灌木丛之底。

我迅速举头，往那里一看，它却不见踪影。我掀开灌木丛和草丛，寻找它。只见它被野草羁绊，我用空掌心摁住它，轻轻地抓住其脖子，它抖动着两只长长的触手挣扎不已——像在说着“怎么办”似的睁大眼睛，无奈地望着我。

我将捉来的蝈蝈关在用秸秆编制的笼子里，给它喂南瓜花，挂在窗外，它又开始演奏起悠扬乐曲。

一天、两天、三天。大概过了一个多星期，那蝈蝈的鸣叫声渐渐稀少，只待在原地，一动不动。

我给它新南瓜花时，它不予理睬。儿时的我还以为它生了病，感到十分伤心。

翌日中午，此蝈蝈悲戚地演奏几声后再无声息……

真可怜啊！如今想来，它是否思念起世代繁衍生息的阔野的鲜草、晶莹的露珠及那些同伴，朝着那里放飞向往的灵魂?

世上的人均有心肝，微观世界的动物亦如此，除了无思维，其他都大同小异吧！养育一方人的水土对于人畜、动物、昆虫来说都一视同仁。

的确如此，在我儿时的故事当中夹杂着许多泪水和欢乐。

时光如流水般匆匆而过。

我为理想和事业奋斗着，离开故乡，已过许多年。

但闻悉，铁犁开垦故乡葳蕤的牧场，沙漠覆盖绿野，畜群面临无草可吃的境地。

而我在梦游故乡辽阔的原野，风景变得比往日更加美好，绿草茵茵，从悠然吃草的畜群旁传来让我魂牵梦萦的绿蝈蝈之婉转乐曲，触发我儿时的眷恋。

辽阔无垠的原野啊！你的碧绿怀抱使人心荡神驰，你为蝈蝈恩赐生命，蝈蝈亦为您呈献动听的乐曲，表达回报之情。我儿时的爱、幼嫩的理想也总是蝈蝈般为你鸣唱——为你鸣唱着。

1991.6.10